O VOO DA MADRUGADA

SÉRGIO SANT'ANNA

O voo da madrugada

COMPANHIA DAS LETRAS

Copyright © 2003 by Sérgio Sant'Anna

Grafia atualizada segundo o novo Acordo Ortográfico da Língua Potuguesa de 1990, que entrou em vigor no Brasil em 2009.

Capa
João Baptista da Costa Aguiar

Foto da capa
Ghislain & Marie David de Lossy/ Getty Images

Revisão
Beatriz de Freitas Moreira
Otacílio Nunes

Atualização ortográfica
Márcia Moura

Os personagens e as situações desta obra são reais apenas no universo da ficção; não se referem a pessoas e fatos concretos, e sobre eles não emitem opinião

Dados Internacionais de Catalogação na Publicação (CIP)
(Câmara Brasileira do Livro, SP, Brasil)

Sant'Anna, Sérgio
    O voo da madrugada / Sérgio Sant'Anna. — 1ª ed. —
São Paulo : Companhia das Letras, 2003.

    ISBN 978-85-359-0419-2

    1. Contos brasileiros I. Título.

03-5171   CDD-869.93

Índice para catálogo sistemático:
1. Contos : Literatura brasileira 869.93

[2018]
Todos os direitos desta edição reservados à
EDITORA SCHWARCZ S.A.
Rua Bandeira Paulista, 702, cj. 32
04532-002 — São Paulo — SP
Telefone: (11) 3707-3500
www.companhiadasletras.com.br
www.blogdacompanhia.com.br
facebook.com/companhiadasletras
instagram.com/companhiadasletras
twitter.com/cialetras

Sumário

I
O voo da madrugada, 9
A voz, 29
Um conto nefando?, 31
Um erro de cálculo, 37
Um conto abstrato, 42
Um conto obscuro, 44
O embrulho da carne, 56
Saindo do espaço do conto, 72
No meio da noite, 75
Formigas de apartamento, 77
Invocações, 87
A barca na noite, 106

II
O GORILA, 111

III
TRÊS TEXTOS DO OLHAR, 209
A mulher nua, 211
A figurante, 218
Contemplando as meninas de Balthus, 236

I.

O voo da madrugada

Se alguma coisa digna de registro aconteceu em minha vida dura e insípida foi estar entre os passageiros daquele voo extra, de Boa Vista para São Paulo.

Antes de tudo, devo explicar as circunstâncias, talvez fortuitas — mas que depois me pareceram pertencer a uma cadeia de fatos necessariamente interligados —, que me levaram a estar entre os seus poucos passageiros, pois tinha bilhete marcado para as nove horas da manhã seguinte.

Eu estava no quarto de hotel e, apesar de haver tomado dois comprimidos das amostras que carregava comigo, não conseguia dormir, por causa do som infernal que vinha da boate em frente, atravessando a janela e a cortina fechadas, misturando-se às vibrações do velho e empoeirado condicionador de ar. As músicas, em fitas que se sucediam sem interrupção, eram dessas gravadas especialmente para se dançar em discotecas vagabundas, as mesmas tocadas nas piores rádios em toda parte, e mal se distinguiam umas das outras. Não que eu tenha maiores refinamentos musicais — pois não recebi nenhuma educação nesse sentido —, mas seria capaz de suportar alguma coisa que tivesse ao menos melodia. Além da pseudomúsica, havia vozes que pareciam discutir, risos de uma alegria desesperada, gritos que chegavam abafados, o barulho de carros e motos e, a certa altura, a sirena de uma ambulância ou carro de polícia.

Posso imaginar, em meus devaneios noturnos, cenas de um sofrimento tão agudo que, em geral, prefiro não materializá-las em peças escritas — ainda que para isso possua esse misterioso dom que raramente utilizo —, pois já me basta experimentá-las. Mas adianto que sou capaz de conjeturar as piores coisas, como se alguém estivesse na iminência de ser esfaqueado ali do outro lado da rua e, por alguma dessas compulsões da mente, ou pelo menos da minha mente, eu fosse me imiscuir na luta, ora como agressor, ora como vítima.

Como a imaginação pode ser muito mais aterrorizante do que a realidade para o insone, levantei-me exasperado e abri a cortina. Estava apenas no primeiro andar e luzes em cores as mais berrantes, dos letreiros luminosos daquele estabelecimento — com o nome ridículo de Dancing Nights —, incidiram indiretamente em meu quarto, no Hotel Viajante, dando um contorno lúgubre aos seus móveis e realçando a minha solidão absoluta.

O que eu via, lá embaixo, à porta da Dancing, não era muito diferente do que se poderia esperar num lugar como aquele, no fim do mundo: provincianos bêbados e desmazelados, embora supostamente com dinheiro, chegando e partindo, já acompanhados, de táxi ou em suas motos e carros, cantando pneus, enquanto uma viatura da polícia estacionava a uma distância conveniente, como se ali houvesse sempre uma expectativa de intervir, mas segundo o código próprio e corrupto daquela zona de tráfico, contrabando e prostituição. E mulheres, entrando e saindo do estabelecimento, ou permanecendo nas suas imediações, embalando-se ao ritmo que vinha lá de dentro, ou encostadas em postes e automóveis. Mulheres que aparentavam ser muito mais jovens do que as que se veem habitualmente em locais suspeitos como aquele, com suas saias curtíssimas, suas blusinhas e botinhas, cortes de cabelo que iam do bizarro às trancinhas, tudo conforme deviam copiar equivocadamente de revistas e da tevê. Muita pintura e poses espertas sob as luzes vermelhas, roxas, verdes, amarelas, do letreiro e das bolas luminosas que se acendiam e se apagavam à porta do inferninho, concedendo às peles de seus rostos e corpos um mistério teatral, uma indefinição e, por que não dizer?, uma poesia.

Sei, por farta experiência, que as prostitutas, ao chegarmos perto delas e sobretudo ao se despirem, vão perdendo o encanto e o viço, acabam por exibir as marcas da vida. Mas o pagamento, a possibilidade de estar com uma completa estranha, podem exercer sobre alguns homens um fascínio no qual às vezes recaio. Pois, ainda que logo em seguida vá desiludir-me, há em mim, no exato momento em que elas iniciam os gestos de despir-se — com a graça comum a todas as mulheres —, uma esperança renovada, uma excitação e expectativa que não se explicam unicamente pelo desejo físico, mas também por um anseio muito maior!

Vesti-me às pressas e desci até a portaria. Como não era incauto a ponto de deixar-me conduzir por uma desconhecida a algum quarto numa vizinhança como aquela, perguntei ao porteiro da noite se era permitido entrar acompanhado no hotel, ao que ele me respondeu apenas com um esfregar quase imperceptível do polegar no indicador da mão direita, o que, sem dúvida, significava "sim", desde que ele levasse a sua parte. Dei-lhe dez reais, que ele pôs no bolso sem comentários, e saí.

Antes que pudesse cruzar a rua para alcançar a Dancing Nights, ouvi o chamado, quase um sussurro, de uma voz infantil: "Vem cá, tio". Olhei à minha esquerda e vi que numa zona de sombra, à entrada de um beco — e por isso fora do meu campo de visão à janela —, encontrava-se uma garota que voltou a falar: "Aqui, tio".

Quando me aproximei dela verifiquei, estarrecido, que quem estava dentro de um vestido vermelho, de alças e decotado, com uma abertura lateral numa das pernas, parecia ser uma criança, apesar do batom que usava e da pose estudada de dama da noite. Sim, uma menina a quem houvessem permitido vestir-se de mulher para uma festa de aniversário.

Parei, embaraçado e mudo, diante dela, quando a ouvi falar:

— Quer vir comigo, tio? São oitenta reais.

Foi então que um homem, surgindo com um andar gingado da penumbra do beco, chegou rapidamente até nós e, baixando pelas alças o vestido da garota, disse, com um sorriso ao mesmo tempo serviçal e desdenhoso:

— Veja, ela mal tem peitinhos.

De fato, ali onde sua pele era mais branca havia pouco mais do que dois botões intumescidos. Instintivamente, olhei para o carro da polícia. Nenhum dos dois guardas dentro dele manifestava interesse maior na negociação.

Devo falar um pouco daquele homem. Ao contrário dos tipos atarracados e morenos comuns na região, era mais claro e alto, magro, com o rosto escanhoado. Usava uma calça branca e uma camisa azul, sedosa, que devia ter custado caro, sem deixar de ser de mau gosto. Dois botões superiores abertos permitiam ver uma corrente dourada, possivelmente de ouro. Quando sorriu, deu para perceber que seus dentes eram bem cuidados. Senti que o detestava desde sempre, que ele possuía tudo o que existe de mais odioso na espécie humana, mais particularmente no sexo masculino, e que vê-lo morto, ou até matá-lo, seria um prazer. Talvez possa dizer mais ainda: que se o demônio efetivamente pudesse manifestar-se no humano, numa cidade perdida nos confins mais atrasados, escolheria um tipo melífluo como aquele, a quem a menina contemplava embevecida. No entanto, ouvi-me dizer, apenas:

— Como posso saber se é mulher, se quase não tem peitinhos?

— Mostra pra ele — o homem ordenou à garota, passando o braço em torno dos seus ombros.

Rindo, como se fosse uma brincadeira ensaiada, ela abriu mais o vestido, onde havia um corte na saia. Antes de recuar o rosto, não pude deixar de contemplá-la, hipnotizado pelo meu próprio horror, pois a menina, quase sem pelos, devia ser impúbere.

Deve um homem ser avaliado, inclusive por si próprio, apenas por seus atos, e não por seus pensamentos? Objetivamente sim, sem dúvida, porque os pensamentos, além de escaparem a toda vigilância, não produzem consequências. E logo eu já lhes dava as costas para vencer rapidamente os passos que me separavam do hotel, mas não tão depressa que não pudesse ouvir o riso daquele homem e suas palavras:

— Se o senhor mudar de ideia, ela ainda estará aqui.

O porteiro olhou-me com curiosidade, pois eu voltava sozinho e certamente lívido, mas não me perguntou coisa alguma, com certeza receoso de perder os seus reais. Intuí que ele estava mancomunado com aquele gigolô, o que devia acontecer também com os policiais.

Subi ao quarto, sentei-me na cama e então, sim, pude compreender a verdadeira extensão de meu horror e fascínio, que me impeliam a querer partir imediatamente daquele lugar maldito. Pois, se não o fizesse, estaria lutando o tempo todo contra o desejo de voltar à rua, trazer a menina, nem que fosse para contemplá-la dormindo, inerte e delicada como uma boneca, coberta e protegida. Mas quem poderia dizer que não nua, quem sabe em meus braços?

Peguei o catálogo telefônico e liguei para o aeroporto, apenas para saber se estaria aberto e se eu poderia passar lá o resto da noite. Perguntei, também, sem nenhuma esperança, se havia algum voo para São Paulo àquela hora. Contrariando todas as minhas expectativas, fui informado de que havia sim, dali a uma hora e quarenta minutos, e da mesma empresa da qual minha firma comprara o bilhete.

— Posso viajar nele com a minha passagem para amanhã cedo? — perguntei.

— Um momento — meu interlocutor disse, e, por instantes, sem entender suas palavras, ouvi-o do outro lado do fio a parlamentar com algum outro funcionário. Depois voltou a falar comigo:

— É um voo especial, mas se o senhor tiver urgência, pode pegá-lo.

*

Ao tomar um táxi, à porta do hotel, meu olhar foi inevitavelmente atraído para o beco. Não havia ninguém lá, e fui possuído por uma raiva intensa, que, agora que escrevo estas linhas que se impõem a mim, posso discriminar como uma mistura de indignação e ressentimento. A primeira, porque imaginava algum dos homens brutos daquela terra, ou talvez aquele *protetor* demoníaco, profanando o corpo da menina; o segundo, porque sentia como se a tivessem roubado de mim. É, isso mesmo, que ninguém se espante, pois os sentimentos humanos são sempre partidos no mínimo em dois, e, se há homens dignos, são apenas seres que conseguem vedar seus compartimentos secretos.

E foi com alívio que deixei para trás o Hotel Viajante, a Dancing Nights com sua música infame, e o beco, como se largasse ali uma parte nefasta de mim mesmo, para seguir por uma estrada esburacada até o aeroporto, se é que aquilo merecia esse nome. Ele não passava de um grande galpão e uma pista de pouso. Através de uma cerca pude ver um enorme avião que, naquelas bandas, parecia ter aportado de outro mundo.

Ao entrar no saguão, notei que algumas pessoas — passageiros, com certeza — estavam sentadas nos bancos de espera. Havia gente vestida de negro, com os olhos avermelhados por algo mais do que sono, e divisei quem chorasse abertamente. Achando aquilo tudo muito estranho, mas sem me impressionar tanto assim, dirigi-me ao balcão da companhia aérea de valise na mão.

— O senhor é um dos parentes? — perguntou-me o funcionário.

— Parentes? — espantei-me.

— Sim, dos mortos.

— Mortos? — espantei-me mais ainda.

— O avião que caiu há quatro dias na mata. Não lhe disseram que esse é um voo especial? Está levando os restos mortais dos passageiros que moravam em São Paulo. Os parentes que vieram até aqui para acompanhá-los não precisam pagar. A companhia está custeando tudo.

Lembrei-me de ter lido no jornal sobre um acidente naquela região, mas sem dar muita importância, pois nada me relacionava com ele a não ser o fato de que dois dias depois viajaria para aquela parte do país.

— Não, não sou um dos parentes — falei, mostrando a passagem. — Me disseram, pelo telefone, que eu poderia embarcar.

— Sim, há lugar de sobra — ele falou, observando minhas reações. — E tem a vantagem de ser um voo direto. O senhor não precisa se incomodar, que os caixões vão no compartimento de carga e o que restou dos corpos foi embalsamado no necrotério.

Eu não me incomodaria mesmo, de um jeito ou de outro; só queria ir embora daquela cidade calorenta e opressiva. Peguei meu cartão de embarque, estava agora sonolento e com fome, e olhei ao redor procurando alguma coisa parecida com uma lanchonete aberta. Não havia, mas logo ao meu lado se encontrava uma mulher negra, muito velha, com uma cafeteira presa ao ombro. Apoiava-se numa muleta, e sua perna esquerda fora amputada até bem acima do joelho. Pedi-lhe um café e, enquanto o bebia, reparando que era fresco e saboroso, ela me olhava com os olhos arregalados. Devia ter escutado minha conversa com o funcionário.

— O senhor não tem medo de viajar com eles? — perguntou, com uma voz muito fraca, de anciã. Reparei que não tinha nenhum dente na boca.

Ri, pela primeira vez naquela noite. A mulher, em sua decrepitude, parecia pender ela mesma de um fio entre a vida e a morte.

— Os mortos? — eu disse. — O que podem fazer? Não podem nem morrer de novo. Por isso esse avião não cai de jeito nenhum.

— Ninguém sabe o que viaja com eles, meu filho — ela sussurrou. — Pois se a minha perna eu ainda sinto ela aqui? — a velha apontou para a sua mutilação. E para novo espanto meu naquela noite, fez os sinais da bênção, a meia distância entre o seu e o meu rosto. De alguma forma aquilo me tocou, paguei-lhe mais do que o preço do café e encostei de leve a mão em seu ombro, como um gesto afetuoso de despedida.

*

Eu gostava de estar voando porque, em trânsito, não me achava propriamente em lugar algum. E se pudesse não chegava nunca, pois o meu destino, em qualquer das duas pontas dos percursos, me surgia sempre como penoso, quase intolerável. Disse, antes, que minha vida era dura e insípida e agora o explico. Como auditor de um laboratório farmacêutico, devia visitar os escritórios da empresa em várias cidades, verificar o volume das vendas e a contabilidade, almoçar com gerentes fastidiosos e aduladores, repreender alguns e congratular outros, sem entusiasmo. E, de noite, aqueles hotéis, que as modestas diárias pagas pela firma permitiam. Enfim, todos os aborrecimentos de uma vida errante e burocrática. No entanto, voltar para São Paulo não era grande consolo, pois significava retornar a uma vida enfadonha e, pior do que isso, na cidade em que um dia fui traído e abandonado por uma mulher de quem não desejo falar mais do que revelei agora. De todo modo, isso esclarece por que aceitei aquele cargo de auditor.

Mas aquele voo estava me saindo melhor do que qualquer outro. Como aos parentes dos mortos, que não eram muitos, haviam reservado a classe executiva e a primeira classe do avião, coube a mim e mais quatro ou cinco passageiros o restante da aeronave. E pude instalar-me, sozinho e distante de todos, à janela, numa das poltronas da cauda do aparelho, entregando-me, sem ser perturbado, às minhas meditações. Melhor ainda que era noite e, em vez de ferir-me com a luz do sol, podia contemplar os astros no negrume sem terra à vista para lembrar-me de todas as suas agruras.

Comprazia-me que o avião fosse diminutos pontos luminosos e piscantes no espaço e chegava a dividir-me em dois, para, na fantasia, igual a um menino, contemplá-lo do solo, imaginando-me em seu bojo. E também como adulto já na meia-idade, gostava de saber-me suspenso sobre o planeta, um ponto móvel no próprio sistema que eu podia pressentir deslocando-se velozmente, o sistema inteiro, para ser engolido, em alguma era, pelo caos e o infinito intemporais. A ideia de perder-me neles, que a alguns aterroriza, para mim era inebriante, e, naquela noite, a companhia furtiva dos mortos no compartimento de carga, sua paz inexpugnável, estimulavam esses pensamentos.

E, já que me dispus a escrever — talvez uma das maiores maldições entre todas, por nunca alcançarmos verdadeiramente, pelas palavras, a fusão que tanto almejamos —, me permitirei avançar um pouco mais para dizer que sim, muitas vezes já pensara em buscar a morte. Porém uma parte minha, creio que para além do mero instinto de sobrevivência, preferia que os acontecimentos seguissem seu curso aleatório e natural, até se extinguirem por si mesmos. E devo reconhecer que, nem que fosse apenas pelo que experimentei naquele voo, valeu a pena conter-me, esperar. Tanto é que a escrita, ao seu final, me sai mais poética e menos contaminada pelo terror e pela violência que me fazem evitá-la habitualmente.

Voltando ao voo, dispus-me a interromper as reflexões que tanto me absorviam para aceitar da comissária a bandeja com o jantar, pois sentia bastante fome. A refeição estava deliciosa, com um bom bife, batatas coradas e vegetais, talvez como uma deferência aos passageiros convidados, os parentes das vítimas, ideia que me fez sorrir, pensando ainda, sem nenhuma pretensão filosófica, que a vida não passava disso: carne devorando carne, ou, com a ajuda dos vermes, a carne consumindo a si mesma. E que, apesar de todos os produtos químicos que lhes tivessem aplicado no necrotério de Boa Vista, um processo de decomposição já se iniciara em nossos companheiros de viagem lá embaixo, provavelmente interrompido pela temperatura gelada da altitude, mas que logo retomaria seu curso.

Eu saboreava um vinho de razoável qualidade e, talvez inspirado por seus eflúvios, aquele processo de desagregação nos mortos me vinha ao pensamento como uma forma refinada de criação, pois eliminaria, ao seu termo, todas as repugnâncias do corpo, seus odores, seus excrementos e ânsias sexuais, suas dores físicas e aquelas outras que provêm de um ponto imponderável que às vezes chamamos de mente, às vezes de espírito, e que parece não se abrigar em matéria alguma, não estar preso a nada, embora saibamos, em princípio, que assim não é. Mas se isso conhecemos, é pela própria razão, e se ela falta...

Bem, lembrem-se os leitores, se algum dia eu os tiver, que lhes adverti, desde o início, de certa febre e agitação em meus pensamentos, motivo pelo qual, geralmente, prefiro-os secretos, coisa de que, desta vez, incitado pelo que se segue, abdicarei.

*

Era um daqueles momentos, nos voos de certa duração, em que nada acontece, as bandejas do serviço de bordo já foram recolhidas e os próprios comissários se permitem descansar. Aproximava-se o apogeu da madrugada, pressentia-se de algum modo a aurora, mas não havia ainda indícios de luz, como se o tempo houvesse parado.

Foi nesse intervalo que eu a vi, como se surgida de lugar nenhum, mas, provavelmente — pensei — da área reservada aos passageiros da classe executiva, que era protegida por uma cortina.

Ela caminhava pelo corredor, na direção de onde eu me encontrava. Presumi que fosse ao toalete, ou à pequena copa no fundo do avião, mas, para grande surpresa minha e apesar das dezenas de poltronas vagas, veio sentar-se ao meu lado, sem me pedir licença ou dar explicações.

Era visivelmente jovem, embora seu vestido preto, sobriamente elegante, dificultasse uma avaliação precisa de sua idade. E quando pousou a cabeça em meu peito, com total naturalidade, seu gesto me impôs que eu acariciasse seus cabelos, com a ternura que se tem por uma menina. Mas seu traje severo, a ausência de pintura no rosto e nos lábios, os modos recatados, apesar de sua aparente audácia, em nada a faziam semelhante à garota do beco que eu deixara para trás, muito longe, e que agora me vinha à lembrança como se não passasse de uma miragem.

— É uma das parentes? — perguntei com cuidado, supondo que pudesse ser uma órfã do desastre, quem sabe procurando consolo e apoio no homem circunspecto e paternal que eu devia lhe parecer.

— Não, eu já estou entre eles — ela disse, virando o rosto para mim, com um meio-sorriso no qual tentei decifrar, sem conseguir, algum sinal de deboche.

— Eles quem? — perguntei, lembrando-me da preta velha no aeroporto e admitindo também o inimaginável, o que a razão negava, fazendo meu coração bater, mas sem nenhum terror. Pelo contrário, sentia-me impelido a penetrar mais naquele obscuro território que, singularmente, tinha-me alguma coisa de familiar. Nele, eu me sentia bem.

A única resposta dela foi abraçar-se fortemente ao meu corpo, beijar-me fugitivamente os lábios, com uma volúpia aflita e contida, e depois afundar o rosto em meu ombro, como se quisesse, com todos esses gestos, agarrar-se, através de mim, a alguma coisa outra como a vida mesma. Senão, como explicar que uma moça tão bonita — sim, porque naquele momento ela era uma moça com sua sensualidade irrompendo — se deixasse atrair por um homem como eu, à antiga, de rosto vincado, seu olhar sem brilho voltado para dentro, de ostensiva melancolia? Cheguei a duvidar, por um instante, se não seria uma aventureira ou profissional buscando ligar-se a homens que ela supunha abastados porque viajavam em aviões. Ideia tola, pois minha aparência e vestuário não indicavam mais do que alguém remediado.

Minha desconfiança se dissipou de todo no momento em

que reconheci que a amava, jamais amara alguém tanto. Pouco importava que nunca a houvesse visto, pois aquele sentimento me vinha como algo que só podia brotar entre totais desconhecidos. Entre estranhos que, em silêncio, sintonizam um do outro o ser mais oculto e, entretanto, potencializado de faíscas como um diamante enterrado. Assim, eu entendia que também ela pudesse me amar, porque atravessava minha aparência para enxergar aquele que eu poderia ser, que eu desejava ser, ou aquele que verdadeiramente eu era. Nesse ponto talvez eu deva reforçar que nunca possuí, ou pelo menos externei, alguma qualidade mais marcante.

Àquela altura sobressaía nela a mulher feita, com seu corpo e sua beleza desabrochados, sua personalidade, se assim posso dizer, completa. Talvez por causa disso eu, ao contrário, era como se retrocedesse muitos anos, deitando a cabeça em seu peito para que ela acariciasse, por sua vez, os meus cabelos. Abri dois botões do seu vestido e tocava de leve os seus seios, encobertos pelos seus cabelos longos, negros e lisos que ela deixou cair para a frente — como para nos ocultar — enquanto ela punha uma das mãos dentro de minha camisa para afagar-me, aplacando não sei quantas faltas que me oprimiam, faziam de mim quem eu fora até aquele instante.

Com receio de que o nosso contato se desfizesse, de ofendê-la com a obscenidade e o escândalo, não busquei mais do que aquilo que já acontecia entre nós e me surgia, claramente, como um limite que não devia ser ultrapassado. E assim permanecemos, não sei por quanto tempo, pois em algum momento adormeci naquele aconchego perfeito.

*

Quando a comissária me despertou, pedindo-me que apertasse o cinto e fizesse o assento da poltrona voltar à posição vertical, o avião já iniciava o procedimento de pouso em São Paulo.

Estava novamente só e fui tomado, simultaneamente, por um sentimento de grande perda e grande felicidade. Se queria voltar no tempo àqueles momentos que haviam sido dos mais felizes e plenos em minha vida, a simples lembrança de que tinham acontecido me enchia de alegria e expectativa, pois, na saída do avião ou no aeroporto, talvez eu voltasse a ver minha companheira de viagem que, presumivelmente, teria retornado a seu lugar entre os parentes dos mortos. Com o dia claro a reforçar a realidade, eu não conseguia imaginar nenhuma outra hipótese.

Por isso, a aterrissagem na para mim inóspita cidade não foi penosa desta vez. Mas ao descer à pista percebi que, no meio daqueles tristes passageiros dirigindo-se ao portão de desembarque numa ala especial do aeroporto, não havia ninguém que se parecesse, nem de longe, com a minha amada noturna. Vejam bem que não pude usar a palavra *amante*. Cheguei a perguntar ao funcionário da companhia aérea que aguardava no portão se faltava alguém para descer, e ele disse: "Não, ninguém". A mesma coisa numa sala isolada para aquele desembarque, transformada numa espécie de salão de velório, onde, expondo-me às cenas dolorosas do reencontro dos parentes que aguardavam os corpos com aqueles que os acompanhavam, tentei inutilmente avistá-la.

*

Se alguém chegar a me ler, um dia, imaginará a desolação que eu estava sentindo ao me encaminhar para o táxi que me devolveria à aridez de meu cotidiano em São Paulo. Mas uma parte de mim me consolava e me advertia:

"É melhor assim, pois se nos reencontrássemos, eu e ela — a mulher, a jovem, a mocinha —, talvez tudo se perdesse. Pois não vejo como uma relação poderia se estabelecer cá embaixo entre nós; como conseguiria ela partilhar sua vida com um homem como eu. Do modo como as coisas foram dispostas, poderei ao menos guardá-la na memória."

Aqui o possível leitor estará se perguntando e perguntando a mim:

"Mas quem era ela: o inconcebível? Uma das mortas do acidente que subiu da morgue improvisada no avião e veio estar comigo? Pois não disse ela que já estava entre 'eles'?"

Não sei se já deixei claro, neste relato, que, embora dado a devaneios, terrores noturnos e fantasias, eu não era homem de crendices e misticismos. No máximo, as dúvidas dos agnósticos. E, ao contemplar a noite e os astros mais longínquos, me atraíam ou atraem a grandeza e os abismos da astronomia e não as mistificações astrológicas, do sobrenatural e do esoterismo.

Mas não nego que, para verificar todas as possibilidades — e isso depois de uma outra experiência que ainda me aguardava nesta história —, fui a redações de jornais para consultar, nos noticiários sobre aquele acidente aéreo, os dados, os obituários e, principalmente, as fotografias das mortas residentes em São Paulo e que haviam sido trazidas no meu voo. Conferi, mesmo, as de outros estados, pois poderia ter acontecido algum engano no embarque dos cadáveres. Não havia, em ambos os casos, nenhuma que correspondesse, com um mínimo de fidelidade, a minha companheira de viagem, em qualquer das faces com que se revestiu para mim. E se me permitirem brincar um pouco, pois um feliz humor me inclina a isso, se morta ela estivesse, não seria em consequência daquele acidente. Confesso que isso me alegrou, pois não gostaria de sabê-la despedaçada antes que o processo de purificação se completasse em seu corpo.

Mas o que dizer, então, aos mais desconfiados, entre os quais me julgo com direito a incluir-me? Que não passou tudo de um sonho? E os que gostam de interpretar os sonhos segundo os cânones, apontarão que aquela jovem mulher não foi mais do que a manifestação do meu abandono; dos meus desejos recalcados no Hotel Viajante e sua pecaminosa periferia. Além disso, a peculiaridade daquele voo, a vizinhança dos mortos, teria se insinuado no sonho, talvez com alguma contribuição da preta velha no aeroporto.

É possível, mas por tudo o que eu já experimentara em sonhos, com sua descontinuidade ou simultaneidade de tempo e espaço, suas figuras, cenários e personagens intercambiáveis, o único aspecto em que minha experiência se assemelhava a um sonho fora a volubilidade da aparência com que minha companheira de viagem — de moça a mulher feita — se apresentara aos meus sentidos. Despertos ou semidespertos, quero crer. Na verdade, na manhã seguinte ela estava mais distante de um sonho que a menina no beco.

E tudo o que me sucedera tivera a continuidade e materialidade do real, as sensações físicas que nele experimentamos, como o beijo que, aqui nestas linhas, estará para sempre gravado em meus lábios, além do contato com aquele corpo adorável. E, muito mais do que isso, as emoções vivas que senti naquele aconchego, sua completitude e calor, que o tornavam a antítese da morte como a conhecemos, por exemplo, ao tocar um cadáver.

Ah, as palavras, tão insuficientes para descrever as emoções mais caras. Que aqueles que lerem o meu relato se lembrem do êxtase vivido com alguém — os que tiverem tido esse privilégio —, e estarão perto de me compreender.

Devo lembrar-lhes, ainda, que foi depois que a nossa aproximação mais íntima se deu, sem ultrapassar os limites da delicadeza e do decoro imposto por todas as circunstâncias, que adormeci — aí, sim, embalado pelo sono; embalado por ela mesma, minha querida viajante. Estaríamos, então, diante de um caso inexplicável em que um sonho terá se dado antes do adormecer, pelo menos completo?

Uma alucinação, dirão os céticos, levando em conta, ainda mais, que eu misturara aos comprimidos tomados no hotel o vinho servido a bordo. Sim, uma alucinação, tudo é possível, talvez naquele estágio intermediário entre a vigília e o sono.

Mas, no meu caso, se assim tiver sido, com uma duração especial e uma materialidade que fizeram dessa alucinação uma experiência mais marcante do que todas as outras em minha existência; um acontecimento também exterior a mim mesmo e, como já disse, uma coisa física.

Um fantasma — e de carne e osso —, rirão os escarnecedores, e, diante do que vivi em seguida, serei capaz de rir com eles, embora por motivos muito outros.

*

Ao subir pelo velho e vagaroso elevador do meu prédio num bairro de baixa classe média, se sobrepunha a tudo o meu cansaço, um desejo de adormecer de verdade em minha cama. Como chegara muito mais cedo do que o previsto, poderia dormir durante algumas horas para depois comparecer à sede da firma em que trabalhava, a fim de prestar contas da viagem — em seus aspectos funcionais, evidentemente — e talvez iniciar a redação do respectivo relatório.

Meu apartamento, de dois quartos e uma sala ligados por um corredor, dá para os fundos de outros edifícios, que se imprensam uns aos outros. Quando viajo, deixo as janelas e cortinas fechadas, tornando o ambiente ainda mais sombrio do que já é habitualmente. E, ao penetrar em seu interior, foi como se retornasse à noite.

Talvez tenha sido essa obscuridade, ou a nostalgia, que me fez pressentir uma outra presença naquele espaço; alguém ali comigo, ou, quem sabe fosse melhor dizer, em mim? E, pelo que já narrei nestas páginas, não é de admirar que eu alimentasse se não a esperança, pelo menos o desejo de reencontrar minha companheira de viagem, de rever a aparição do voo.

Como eu nada enxergava na sala além dos móveis e objetos com seus contornos que me eram tão familiares, segui pelo corredor, com o coração batendo de expectativa, pé ante pé, como se só assim pudesse surpreender aquela presença que eu adivinhava tão incerta e fugidia.

Ao chegar à porta do meu quarto, a visão com que deparei, em seu interior imerso na penumbra, sobrepujava em muito o que mesmo uma mente conturbada poderia conceber, enchendo-me de assombro e, a princípio, de um pavor que me situava num limite tênue entre a loucura e a morte.

Sentado em minha cama, a fitar-me com uma placidez sorridente, na qual julguei detectar uma ponta de ironia, estava um homem — se assim devo nomeá-lo — que, pela absoluta implausibilidade da situação e pela indefinição etária de seus traços, demorei alguns segundos — se é que podia medir o tempo — para identificar como sendo eu próprio. Como se fosse possível eu me repartir em dois: aquele que viajara e aquele que aguardava tranquilamente em casa, ou, talvez, num espaço fora do tempo.

Não durou mais do que aqueles instantes de reconhecimento para que a aparição se dissipasse, deixando-me para sempre na dúvida de se ela se manifestara independentemente de mim ou se fora eu a criá-la num momento agudo de fadiga e histeria, depois de tudo o que vivera nas últimas horas.

Mas esse mínimo tempo foi suficiente para que eu, sendo também o que ali estivera sentado à cama, pudesse ver duas faces de mim mesmo. Numa delas, à porta, estavam marcados os vincos de um cansaço mortal; da melancolia e solidão exasperadas, como as vividas no Hotel Viajante. Na outra face, porém, vi-me como me teria visto e sentido a minha companheira de voo, atravessando minha máscara crispada para poder amar-me do jeito que eu a amava: como aquele que eu poderia ser, ou, quem sabe, como aquele que verdadeiramente eu era, vencidas as barreiras mais entranhadas.

*

Em meu quarto mantenho uma mesa, com sua cadeira própria, na qual às vezes me sento para rascunhar à mão os meus prosaicos relatórios, que possuem como única virtude a de afastar-me de mim próprio e de meus pensamentos; noutras raras vezes, quando me é absolutamente imperioso, para escrever coisas que, não sendo utilitárias, e ainda que quase sempre malditas, retiram sua razão de ser de si mesmas.

Abro então a janela, deixando que penetrem no quarto o ar puro e a claridade. No entanto, nesta minha escrita, é e será sempre noite. Uma noite na qual contemplo as moças e as luzes do Dancing; a menina do beco e seu demônio; a preta velha que me surgiu como uma pitonisa das profundezas; a mim mesmo em momentos de exaltação de todos os sentidos, principalmente os mais soterrados.

Nesta escrita, em que sinto em minha mão a leveza do "outro", há, sobretudo, um voo na madrugada com seu carregamento de mortos e a passageira que veio estar comigo. Exultante, dou-lhe novamente à luz, materializo-a. Aqui ela será para sempre minha.

Uma noite sobre a qual, ouso dizer, paira uma enigmática e soturna poesia, que me renova a esperança de alcançar, desta vez, na escrita, a fusão tão almejada; satisfazer o anseio maior! E, antes de ser esta uma história de espectros — acrescento com uma gargalhada, pois uma súbita hilaridade me predispõe a isso —, é uma história escrita por um deles.

A voz

A voz é rouca, arranhada, cava, como se saída de uma vitrola de antigamente, igual às que, em sua infância, tocavam boleros, tangos, sambas-canção melodramáticos. Anuncia, porém, a voz, não a tragédia e sim uma boa-nova, a sua libertação, da barriga, das tripas, da flatulência, da depressão, o fim da merda, enfim, mas que antes atingirá o seu paroxismo na putrefação e pode-se dizer que nela a terra já viceja e anuncia que você será parte do ar fresco, da chuva, das borboletas, das flores, você será perfume.

A princípio você estará teso, a carne rígida, o sangue coagulado, mas tão logo o apodrecimento siga, os músculos se soltarão e, quanto mais se decomponham, mais você se aproximará do desejo que teve em vida, de ser tão ágil quanto um dançarino, capaz de sorrir no clímax de um salto sobre um salto, como se verdadeiramente voasse, o sonho de leveza de todo ser humano.

O mesmo poderá — diz-lhe a voz tentadora — acontecer com o seu cérebro que, livre de suas travas, será capaz, então, quem sabe, de combinar palavras e sons tão melodicamente quanto numa composição ou poema, que dividem tempo e espaço, peso e imponderabilidade, numa pauta simultaneamente concreta e abstrata, harmônica e dissonante, musical e silenciosa.

Sim, a voz é também a de um cantor-compositor em você, nada operístico, quase falando, como Lou Reed, dizendo de um homem com um pulôver, um casaco aberto, um cachecol, contemplando de uma ponte, nas águas de um canal de Bruges, junto aos reflexos de torres, igrejas, cruzes, imagens de santos e de Deus, de construções medievais, a sua sombra magra, solitária, flutuante, como uma estátua anímica que estremece e ondula, nas águas e na retina, material e imaterial.

Como se vinda de um espectro ou do além, a voz lhe diz: aqui o aguardo para você gozar a contemplação divina, você em forma de alma, espírito ébrio e sedento, de um amor absoluto. Ou então, se não existir Deus, ou o além, ou a alma, poderei lhe oferecer as delícias do nada. Mas como delícias do nada, se nada haverá? Mas é que, somente tendo você existido, terá adquirido as doces prerrogativas do não ser. E a voz ainda lhe fala: sendo o tempo uma sucessão ininterrupta, a única realidade a estender-se indefinidamente é a da morte e, no máximo daqui a cem anos, mortos nos encontraremos todos, num amplexo com o infinito, os que agora aqui estamos.

E a voz é também erótica, de uma noiva fatal e celestial, abrindo as pernas e dizendo: deite o rosto em meu ventre, como se à matriz retornasse; depois me abrace e me coma, se perca em meu corpo, afunde-se em minha vagina, goze e esporre, torne-se um só comigo — a voz cicia em seu ouvido, a voz baila, a voz balbucia, ternamente, agônica, e você se rejubila.

Um conto nefando?

Entre todas as histórias possíveis, certamente já terá acontecido alguma como esta.

Um rapaz de dezessete anos, viciado em drogas (já chegou a roubar e prostituir-se para comprá-las) e com pretensões rimbaudianas a poeta maldito, tem um ciúme doentio da mãe divorciada, principalmente de um caso que ele desconfia que ela mantém com um homem muito mais jovem. Uma noite, a vê chegar em casa parecendo ligeiramente alegre de bebida, e com ares de quem veio de um encontro amoroso, usando uma blusa decotada e saia justa. Enquanto ela se despe em seu quarto, ele ali entra, abruptamente, vestido apenas com uma bermuda, e observa o sutiã vermelho e a calcinha preta que ela usa.

— Isso é roupa de vagabunda.
— Não fala assim da sua mãe.

Ele puxa o corpo dela para si e o aperta:
— Quem sabe você faz comigo também?

Com os braços presos, ela só pode socá-lo, fracamente, nas costas. Depois consegue atingi-lo na cabeça, duas vezes. Ele se enfurece, a empurra para a cama e se joga por cima dela.

— Não faz isso, meu filho; me larga, me larga —, ela começa a debater-se e a gritar, mas logo baixa a voz, com receio de ser ouvida por vizinhos; de que eles penetrem em sua intimidade inominável. O garoto então afrouxa o seu abraço e se distancia do corpo da mãe, mas é apenas para erguer o sutiã dela, olhar e tocar, fascinado, os seus seios. E logo depois, com movimentos bruscos, rapidíssimos, arranca a calcinha dela e despe sua própria bermuda. E, por um instante, os dois se contemplam, ela se fixando, com um terror hipnotizado, no pau duro dele; ele, com uma sensação — apesar de ter apenas resíduos de cocaína em seu organismo — de que pode tudo. Sente também algum horror pelo que está por fazer, mas é como se, tendo chegado até aquele ponto, não pudesse mais recuar. E deita-se novamente sobre o corpo dela.

— É assim que você faz com ele? É assim?

— Que *ele*, meu filho? Você está louco? — ela volta a se debater com todas as suas forças. Porém, muito mais forte do que a mãe, ele imobiliza seus braços e, com um dos joelhos, mantém as pernas dela entreabertas, tentando penetrar em sua vagina, meio sem jeito, a mãe se retesando inteira, como se esticasse uma corda até o limite máximo. Ele levanta o braço direito e faz menção de dar nela uma bofetada.

É então que, num misto de desfalecimento e louca lucidez, ela se abandona. Amolece os braços e as pernas e fica à mercê do filho. Num sentido primeiro, seu gesto pode se explicar pelo medo, pelo torpor, pela desistência da luta. Mas, embora aja instintivamente, ela sabe, de forma bruta, que sua entrega encerra outras razões muito poderosas. Sabe que se o filho a possuir pela pura força, talvez venha a considerar o seu crime tão nefando que, para ele, nunca haverá remissão. E, entre todos os medos dela, um dos maiores é de que um dia ele não encontre outra saída senão o suicídio. Já ela se abandonando, seja lá como for que se nomeie o ato, pecado ou crime que estiverem cometendo, será cúmplice dele. E ela sente, também, em seu íntimo mais escondido e misterioso, que alguma coisa no seu modo de ser e de relacionar-se com o filho, desde sempre — talvez um quê a mais, indevido, na ligação com ele —, estará na origem mesma de tudo aquilo que os levou a estarem a sós naquele apartamento e naquele quarto, naquele preciso momento. Tem ainda uma esperança vaga, quase irracional, de que na escalada dele rumo à vileza, à destruição, uma dádiva tão extremada dela possa ter algum poder transformador. E, como se neutralizasse toda a violência contida naquele ato, ela afaga a nuca dele e pronuncia: "Meu filho, meu filho". E ele a penetra, sim, e ela está úmida o suficiente para que isso possa acontecer e há um espanto nele, e nela, de que isso esteja ocorrendo, e o mundo continue girando no eixo e cheguem ali no quarto os ruídos dos carros na rua, das vozes numa tevê ligada em outro apartamento, dos latidos de um cão. E ela continua tão lucidamente louca que diz: "Não goza dentro". E ele obedece.

Ele.
Tornando a vestir a bermuda, quase tropeçando nas pernas, ele havia escapulido para o seu quarto e batera a porta, mas sem trancá-la, o que talvez indicasse uma expectativa da qual ainda não se dava conta. Do que ele se dava conta era de um desejo de lidar com uma parte sua mais tenebrosa.
Ele se vê afogando-se num pântano, enovelado por répteis viscosos. Se ainda tivesse cocaína, a teria consumido, e isso o levaria a uma trilha conhecida que talvez conciliasse o seu tumulto interno. De um lado, sente muita vergonha, medo e até repulsa pelo que acabou de fazer, mas, em contrapartida, há em sua mente turbulenta um desejo mesmo de trevas, uma exaltação e desafio por ter empurrado o seu fascínio ambíguo e obce-

cado pela mãe para além de todos os limites e convenções, e uma espécie de encantamento por ter ela, sem dúvida, se entregado. E ele não apenas se sente como tendo sobrepujado os eventuais amantes dela, principalmente o mais jovem, como também se considera digno do desregrado poeta que tanto admira, Rimbaud — na verdade um dos poucos que conhece —, e que, secretamente, lhe serve de modelo.

E, como se a poesia redimisse tudo, como se ela pudesse inclusive substituir a droga e ser, literalmente, aplicada ao corpo, ele empunha uma caneta esferográfica que está sobre sua mesinha de cabeceira e, deitado na cama, risca no braço esquerdo, nervosamente, como quem se pica, as seguintes palavras, em que mais uma vez recorre à imagem do pântano: *poeta, deuses, pecado, anjo, pântano, vermes, caranguejo, flores, pássaros noturnos, lírios, vaga-lumes*, de modo que, no dia seguinte, talvez elas lhe sirvam de base e inspiração para escrever um texto ou poema. Palavras com as quais quer mais ou menos significar que "um poeta comete um pecado tão desafiador aos deuses que eles o afundam num pântano, onde seu corpo é devorado por vermes e caranguejos, mas, de sua podridão, nascerão flores e, durante as noites, ele ali paira como um anjo cujas asas são pétalas e tem a fronte cingida por uma coroa de lírios e, ao seu redor, como que formando uma veste, voam vaga-lumes ao som de um coro de pássaros noturnos tão negros que se confundem com a escuridão".

Ele então pousa a caneta sobre a mesinha de cabeceira e, fatigado, cerra os olhos.

Ela.
Ela havia entrado tão silenciosamente no quarto do filho que, quando ele reabriu os olhos e deparou com a mãe vestida com um penhoar negro, ela parecia uma visão. Sentando-se na cama, segurou a mão dele:

— Vamos nos esquecer de tudo, está bom?
— Vê se pode me desculpar, mãe — ele aperta a mão dela.
— A gente esquece e ninguém mais precisa saber.
— Tá, mãe. Você é boa.
— Eu só sou sua mãe. Você escreveu no braço?
Encabulado, ele esconde debaixo das cobertas o braço com as palavras escritas.
— São só umas anotações, mãe. Talvez pra poesia.
— Tenho certeza de que vai ficar bonito.
Ela passa a mão nos cabelos dele e ele fecha os olhos, mas vira a cabeça de um lado para o outro, com o rosto crispado. Aí reabre os olhos e diz, num rompante, comovido:
— Eu vou parar com a droga, mãe. Eu vou conseguir.
— Vai sim, filho.
— E amanhã eu vou ao colégio.
— Eu acordo você. Agora dorme.
Ele torna a fechar os olhos e ela estende a mão acima do rosto dele, sem tocá-lo, desejando ter poderes mágicos que o tranquilizassem. E logo não há dúvidas de que ele dorme; seu rosto desanuviou-se e ele parece um menino mais novo.

Os olhos dela brilham com as lágrimas que vinha tentando segurar.

Deus, ela diz, muda, mas claramente. Se por acaso você existe, faça com que todo o peso e sofrimento pelo que aconteceu esta noite recaiam sobre mim. Mas, se é mesmo verdade que você existe, não pode deixar de reconhecer que é o único responsável por tudo, o único e grande pecador. E, de repente, ela percebe que o peso e sofrimento que chamou inteiros para si a levam a uma linha extrema que é uma entrada para uma espécie de euforia desafiadora — e, nisso, como se parece com o filho — que lhe assegura que, existindo ou não Aquele a Quem chamam Deus, tudo o que acontece é o que tem de acontecer, e o que se passou entre ela e o filho já terá ocorrido com outras e outros desde tempos ancestrais, muito mais próximos do início das coisas, e sua mente é atravessada pela figura de uma mulher selvagem agarrada com o filho numa caverna escura rodeada por um mundo cheio de feras e perigos, como é também, de outra forma, o mundo de agora, e que ela teve, sim, uma transa com o filho, mas, e daí? Teria a vida de acabar por causa disso? E, embora aquilo não deva nem vá mais acontecer de jeito nenhum, caberá a ela fazer com que as coisas não se transformem num drama ou numa tragédia e, vai ver, elas tomarão mesmo um rumo melhor e o filho acabará parando com as drogas e com outras coisas horríveis que faz por causa delas.

O filho virou-se para o lado e parece dormir profundamente e ela se levanta e vai para seu quarto sabendo que, no dia seguinte, voltará àquele quarto já vestida para o trabalho e acordará o garoto para ele ir ao colégio e, antes de ele entrar no banho, ela lhe perguntará se prefere tomar leite com cereais, com café ou com Nescau. Poderá perguntar, também, se ele vai querer um ovo quente. Não, um ovo não, pois raramente ele come um ovo no café da manhã e será preciso que, nesse dia seguinte, as coisas corram o mais corriqueiramente possível.

Um erro de cálculo

Houve os momentos em que o homem de trinta e dois anos, Maurício, sujeito em princípio comum, advogado, com o travesti muito jovem dentro do carro, teve uma série de percepções súbitas e intensas. Por exemplo, que a atração fascinada por aqueles seios que acariciava — bastante discretos em comparação com os de outros travestis que já vira na rua com os seios expostos — tinha também outras origens além daquela que reconhecera mais ou menos claramente, de início, ao abrir para a "mocinha" a porta do carro: um desejo de clandestinidade, de novidade, de encontrar naqueles seios o que sua mulher, depois de dois filhos, não podia mais oferecer, nem que fizesse uma operação plástica, porque era também — e isso para ele — uma questão psicológica envolvendo a maternidade, leite nos seios, numa relação que já seguira uma parte de seu curso de família feliz e convencional, quando então podia sentir-se mortalmente entediado. Não era de admirar que tantos casais se separassem, muitas vezes apenas para recuperar, na vida, as emoções.

Mas, na consciência dele, saltou a imagem, que andava apagada, da irmã, Lúcia, menos de um ano mais velha do que ele (mais tarde, os pais não haviam tido como esconder que ele fora um erro de cálculo), de quando ainda viviam em quartos interligados, sem porta divisória, e de quando, brotando nela seios, ela passara a tirar a blusa de costas para ele, provocando-lhe uma excitação que só cedia quando ele se masturbava no banheiro. Depois, antes que os pais se dessem conta de que deviam se mudar para um apartamento maior, com um quarto nitidamente separado para cada um, ela deixara que ele acariciasse ou mesmo chupasse os seus peitinhos, e até mais do que isso: pegara o pau dele e o colocara ali, na entrada da vagina dela. E tinha sido um milagre que ele, com seus quase doze anos, não a houvesse desvirginado antes que o interesse de ambos se voltasse para as garotas e os garotos de fora. E ele chegara a conversar com a irmã sobre a sua vontade de conhecer como era ter seios, e ela, encostando seus mamilos de leve nos dele, dissera, séria, com um ar de gravidade, superioridade e mistério: "Sinta só, para você ver". E uma noite, quando estavam a sós em casa, ele pusera um vestido de Lúcia e depois, erguendo-o até a cintura, deixara que ela se ajoelhasse para chupar o seu pau. Fora tudo uma loucura, mas, ao crescerem mais um pouco, jamais comentaram aquelas coisas, como se nunca houvessem acontecido. Às vezes, porém, quando ocorria uma rápida troca de olhares, ele se perguntava se ela não estaria se lembrando daquilo, como ele. E o fato de terem se tornado, quando adultos, irmãos um pouco cerimoniosos um com o outro talvez se devesse a sua anárquica liberdade do início da adolescência.

    Para Letícia, sua mulher, ele confidenciou, na verdade buscando escandalizá-la um pouco e provocá-la eroticamente, algumas das intimidades que tivera com a irmã, apesar de amenizá-las com a alegação de uma certa inocência na época, o que até era verdade, de certo modo, embora tivessem toda a consciência de estarem desfrutando um prazer proibido. Contou também o caso do vestido, sem descer ao detalhe de que Lúcia chupara o seu pau, mas deixando subentendido que alguma coisa a mais acontecera sob aquele vestido. E propôs a Letícia, quando fez essa confidência, que cada um pusesse roupas do outro, para se divertirem. Ele chegou a colocar, além de um vestido, uma calcinha dela, mas Letícia se negou a vestir uma cueca, não queria parecer homem, só aceitando usar, dele, uma camisa de mangas compridas e uma calça folgada de linho, ficando bastante charmosa.

Ele se sentiu extremamente excitado quando, com ele deitado na cama, Letícia levantou o seu vestido, nele, Maurício, e, também baixando nele sua calcinha, chupou o seu pau, e ele acabou por gozar logo e ela mal teve tempo de afastar a boca, porque não era mulher que não sentisse nojo de engolir sêmen. Principalmente para ela, portanto, fora uma trepada frustrada, e ele jamais ousou repetir a proposta. E chegou a pensar se, por causa do lance do vestido, Letícia não se fizera indagações sobre a sua masculinidade.

Algum tempo depois do episódio, Letícia ficou grávida do primeiro filho — que agora tinha cinco anos — e, no casamento deles, como não é incomum, inclusive contando com a complacência dele, Maurício, a maternidade se sobrepôs a tudo, ao preço, porém, de uma perda considerável, se não quase total, da libido, sufocada no meio de talco, fraldas e amamentação, tudo reforçado pelo fato de que, gerada pela intenção de não terem um filho único, uma filha veio a nascer dois anos após o primogênito.

Mas não havia ficado em duas vezes o uso, ou quase isso, de um vestido por parte de Maurício, só que a terceira vez fora tão solitária e secreta que podia, perfeitamente, passar, até para ele próprio, como se não tivesse acontecido. E, mesmo ele se reconhecendo, uma vez ou outra, mas rara, em tal acontecimento, foi preciso um encontro como aquele, na Glória, para que se formasse um nexo mais consistente entre os três episódios.

    Tinha sido no final de uma tarde de domingo, quando Letícia saíra com o filho — era apenas um, na época — para ir à casa dos pais, e Maurício, gripado, conseguira escapar da visita. E, tendo saído do banho, enrolado numa toalha, de repente, já no quarto, se viu sexualmente excitado ao abrir a porta do armário dele e da mulher, como se o silêncio e sua solidão no aposento o introduzissem num território proibido, das coisas escondidas, onde se reavivava o desejo perdido. E, cedendo a um impulso, Maurício atirou a toalha na cama e pegou um dos vestidos de tecido mais leve de Letícia. Apertou-o contra o corpo e, mirando-se, febril, no espelho, com o coração acelerado, teve uma ereção tão forte que tinha de ser apaziguada.

    Maurício deitou-se na cama, com o vestido da mulher estendido sobre o seu corpo nu. O que não implicou que, ao se masturbar, ele construísse fantasias com Letícia ou alguma outra mulher real, embora, um pouco antes, diante do espelho, houvesse passado velocissimamente por seu pensamento o episódio com o vestido da irmã. Tratava-se, agora, de um desejo de outra ordem, e a mulher que atravessou a mente de Maurício era imaginária, concebida, apesar de fugidiamente, de sua vontade mais profunda, com um corpo delicado e esguio, pernas rijas, seios pequenos, feições bonitas e gentis. E, no meio de suas sensações, Maurício percebeu claramente que aquela mulher, imaginária no vestido, estava ali com ele mesmo, em seu corpo, quase como se fizesse parte dele. E Maurício teve de usar toda a sua força de vontade para interpor a toalha entre o seu pau e o vestido, antes de esvair-se numa ejaculação, para não manchar a roupa de Letícia.

    Mas, voltando aos tempos mais antigos, não havia dúvidas de que, durante aquele início de adolescência, ao mesmo tempo em que fora muito precocemente masculino, ele tivera uma intimidade muito maior com o feminino do que seria de esperar num garoto. E pode-se dizer que, sem que todo um discurso fosse assim articulado, tudo aquilo voltou na noite em que pôs para dentro do carro o jovem travesti — Branca, fora o nome que ele lhe dera — que, tão diferentemente dos outros, usava um vestido juvenil de cuidadosa simplicidade, parecendo uma mocinha, e Maurício queria crer, ou mesmo tinha certeza de que fora por isso que parara o carro. Pois, se já tivera relações extraconjugais, inclusive com garotas de programa, jamais se aproximara de um travesti.

Porém, quando Branca propôs que fossem a um hotel, Maurício recusou, pois a ideia de que o outro, despindo-se, se transformasse num homem com um pau, parecia-lhe, mais do que embaraçosa, intolerável. E Maurício, verdadeiramente, não saberia o que fazer com o outro naquela situação. Por outro lado, já lhe tendo vindo à mente, com toda a força, a figura da irmã, por alguns momentos viu em Branca, com seu vestidinho, junto com a imagem de Lúcia, a dele próprio, Maurício. Ele, que já pusera vestidos mais de uma vez, sabia que não lhe era totalmente estranho o papel de Branca.

Apesar de todos os riscos, Maurício parou o carro num local ermo, indicado por Branca, em frente a um terreno baldio, numa área com casas grandes, com muros altos, no outeiro da Glória. E ali, enquanto olhava, beijava, acariciava com as duas mãos os seios de Branca, que tinha a parte superior do vestido aberta, Maurício circunvia, em frações infinitas de tempo, tudo o que o levara até justamente aquele ponto, naquela noite, em companhia de quem estava. Com o coração batendo muito forte, percebeu o que no íntimo já sabia: que sua atração desmesurada por seios pequenos, juvenis — que vinha desde os tempos em que eles despontaram na irmã e ela deixou que ele brincasse com eles — podia chegar às raias do desejo de tê-los em si.

Um conto abstrato

Para Patrícia

Um conto de palavras que valessem mais por sua modulação que por seu significado. Um conto abstrato e concreto como uma composição tocada por um grupo instrumental; límpido e obscuro, espiral azul num campo de narcisos defronte a uma torre a descortinar um lago assombrado em que o atirar uma pedra espraia a água em lentos círculos sob os quais nada um peixe turvo que é visto por ninguém e no entanto existe como algas no fundo do oceano.

Um conto-rastro de uma lesma também evento do universo qual a luz de um quasar a bilhões de anos-luz; um conto em que os vocábulos são como notas indeterminadas numa pauta; que é como o bater suave e espaçado de um sino propagando-se nos corredores de um mosteiro; um texto gongórico feito de literatura pura, tedioso e entorpecedor em suas frases farfalhantes, lantejoulas fúteis e herméticas, condenado por aqueles que exigem da literatura uma mensagem clara e são capazes de execrar em nome disso.

Um conto lasso e elegante como um gato roçando o pelo

na perna de uma moça que bebe à mesa de um café parisiense um licor de artemísia enquanto lê um filósofo anacrônico da existência; um conto que é como uma ponte de ornamentos num rio enevoado em cujo curso um casal se beija num bote que desliza à deriva vagarosamente. Um conto recendendo a nenúfares e jasmim, vicioso como um círculo vicioso, às vezes agudo como um estilete que desenhasse formas sobre uma pele sem feri-la.

Um conto de semântica distorcida, de sons insuspeitados como o de cordas soadas pelo vento feito música do Uatki ou de Smetak, ou de instrumentos balineses cujos nomes são eles mesmos música: *kazar, hemang, jogagan, kempur, réong, gangsa,* ou mais ainda o nome sânscrito da Tarangalîla Symphonie, de Messiaen. Um anticonto sem psicologia talvez melancólico como um estudo de piano à tarde.

Um conto jogo de espelhos a refletir ao infinito um torso de mulher no instante em que mãos lhe acariciam os seios criando a sensação de capturar uma felicidade para sempre. Serão os seus reflexos manifestações do corpo, ou antes a repetição infinda de imagens que se libertaram de sua fonte?

Um conto em que espreitam as figuras mais guardadas do desejo, como a menina que se trancou no armário com o menino na festa dos dez anos, as mãos dadas, as respirações se misturando e os vestidos a tocar os rostos com a textura acetinada do segredo, evitando-se as palavras ou os movimentos bruscos para que não avance o tempo e se aparte o amor que se levará pela vida afora.

Um conto noturno com a fulguração de um sonho que, quanto mais se quer, mais se perde; é preciso resistir à tentação das proparoxítonas e do sentido, a vida é uma peça pregada cujo maior mistério é o nada.

Um conto obscuro

Ao contrário de em *Um conto abstrato*, em que cortejava a melodia, a forma pura — quanto menos contaminada de significados, melhor —, em *Um conto obscuro* o contista busca significar algumas coisas, embora às vezes das mais vagas e recônditas, como uma meditação sobre o ser e o nada, mas se alguma filosofia há neste conto obscuro é filosofia barata retirada da intuição e do pensamento pensando sobre si mesmo, abismado, por ser cada ser um ser à parte, divaga o pensador tal um passageiro à janela do grande avião, a dez mil metros de altura no voo noturno, contemplando, com uma espécie de euforia e assombro por se ver diminuto e singular na noite cósmica, constelações dali visíveis a alguns anos-luz de distância e imaginando outras constelações distantes a milhões de anos-luz e peixes a vários mil metros de profundidade — e lhe parecerá que só existirão essas estrelas e peixes se houver uma ou mais testemunhas, se não a vê-los, pelo menos a pensar neles, trazendo-os à realidade, e no entanto não é bem assim, pois existe uma infinidade de fatos e fenômenos para muito além da nossa observação, apesar da vertigem que é esse pensamento a respeito de um mundo a prescindir do humano racional a refleti-lo. E no conto obscuro poderá soprar o vento num planeta gélido e deserto em que existam condições acústicas para que esse vento soe, embora sem ninguém a escutá-lo. O conto obscuro tangencia e corteja o nada. Mas como haver um nada, ainda mais sem alguém a concebê-lo, esse não tempo e não lugar de que tudo e todos estarão ausentes? Muitos o temem como temem a morte, mas há também quem possa se regozijar com a sua antecipação — algum enfermo ou suicida, por exemplo, antegozando esse nada pleno e aconchegante e, portanto, de algum modo dele desfrutando, desse nada ser depois.

Na verdade, o conto obscuro nem mesmo é um conto e sim um texto obscuro, até bem mais límpido do que sua ideia inicial, que era afastar-se dos significados mais manifestos da linguagem. De todo modo, para escrevê-lo o contista busca em si forças misteriosas, obscuras, que lhe concedam um texto belo que o compense de sua tamanha solidão, fazendo-o sentir-se, por meio dele, amando e sendo amado, ainda que esteja absolutamente só em seu apartamento. E durante a gestação do conto o contista pressente um pássaro negro do porte de um corvo sobrevoando noturnamente as imediações da janela de seu quarto, e julga escutar o ruflar de asas e, em vez de sobressaltar-se, se alegra, pois aquele é um sinal de anunciação e fecundação.

No conto obscuro busca-se também precisar, iluminar, uma entidade tão reclusa que não parece existir: a vida — invejável? — de um molusco em sua concha lambida e alisada pelo mar revolto e sua espuma batendo no rochedo a que ela, a concha, está agarrada e em cujas imediações se instalou um pequeno farol, pois ali ocorreram naufrágios de pequenas embarcações, e os pescadores, que evitam a área, dizem que por lá vagueiam almas. E não havendo quem o pesque, vive junto às pedras o casal de tremendos peixes secretos e majestosos. O senhor e a senhora Peixe, que se alimentam em vez de servir de alimento, em seu hábitat gelado.

No conto obscuro há uma tarde nublada em que uma mulher de cinquenta e cinco anos nada duzentos metros além da arrebentação, no mar agitado da costa de Ipanema. Vestido com um moletom cinza e sentado a uma das mesas de um quiosque, um homem de uns sessenta anos — o contista? — que observou, distraidamente, a mulher quando ela chegou à praia quase vazia e deixou roupão, toalha e sandálias com o guarda-vidas, no posto de salvamento, continua a observá-la, agora com o coração batendo, com receio de que ela possa afogar-se. Mas a mulher segue nadando e se perde na neblina, que baixou junto com uma chuva fininha. Ah, como eu gostaria de ser como aquela mulher, tão poderosa e selvagem, diz o homem para si mesmo, abrindo um guarda-chuva e decidido a esperar que ela volte.

No conto obscuro há uma tendência para os matizes cinzentos, a tristeza, a melancolia, estas as verdadeiras províncias da beleza, os mais legítimos tons poéticos, segundo Edgar Alan Poe em sua *Filosofia da composição*. E há um coroa solitário — o contista? — que atravessa um parque parisiense pisando as folhas caídas de outono e assobiando, às vezes cantarolando, a canção: *Que reste-t-il de nos amours*, de Charles Trenet e Leon Chauliac. E é na magistral interpretação de João Gilberto para a canção imortal que o homem se inspira enquanto entoa as frases: *Que reste-t-il de nos amours/ Que reste-t-il de ces beaux jours/*

Une photo, vieille photo/ de ma jeunesse/ Que reste-t-il des billets doux/ Des mois d'avril, des rendez-vous/ Un souvenir qui me poursuit, sans cesse/ Bonheur fané, cheveux au vent/ Baisers volés, rêves mouvants/ Que reste-t-il de tout cela/ Dites-le-moi/ Un petit village, un vieux clocher/ Un paysage, si bien caché/ Et dans un nuage, le cher visage de mon passé.
Está no conto obscuro, mas como se pode ser assim tão límpido, tão belo e tão simples?

No conto obscuro há sempre como que a iminência de uma revelação, vinda do repassar de certas coisas que estiveram no caminho do contista e que ele está fadado a rever, como os crepúsculos róseos, avermelhados e azuis naquela rua de sua infância em Botafogo, a estátua do Cristo Redentor se iluminando, o cantar das cigarras, os pardais piando às centenas ao se recolherem às árvores ao anoitecer, o aroma dos jasmineiros, as crianças cantando na calçada as belas e também tristes cantigas: *Nesta rua, nesta rua tem um bosque/ Que se chama, que se chama solidão/ Dentro dele, dentro dele mora um anjo/ Que roubou, que roubou meu coração...*
Ou: *Teresinha de Jesus/ De uma queda foi ao chão/ Acudiram três cavaleiros/ Todos três, chapéu na mão...*

No conto obscuro há os gemidos prolongados e lúgubres dos gatos copulando — isso o contista só saberá tempos depois — de madrugada nos quintais daquela rua, às vezes para ceder lugar aos miados pavorosos da dor, pela água fervendo que se atirava de alguma janela nos corpos dos bichos, como a puni-los pelo pecado e pelo escândalo. Como se gatos pudessem pecar. E os gatos escaldados fugindo em disparada pela rua, muros e telhados, como se a dor não fosse algo que se carregasse consigo e sim algo que se pudesse deixar em alguma parte e escapar.

Há também os suspiros e gemidos vindos do quarto trancado dos pais na infância do contista, mistério que lhe deixa confrangido o coração de menino. Mas é o mesmo menino que se verá, um dia, algum tempo mais tarde, esfregando o corpo de bruços na cama vazia dos pais, o garoto descobrindo por si mesmo, escondido naquele quarto, o prazer e o instinto, os segredos que nunca ousaram revelar-lhe.

Todas as noites, à hora de dormir, depois de dar um copo de leite a cada filho e mandá-los escovar os dentes, a mãe juntava as três crianças para as orações. Uma ave-maria, um pai-nosso e um credo, anunciando aos meninos e à menina, desde que fossem bonzinhos, uma nova vida muito feliz depois desta vida, junto a Deus Pai, Deus Filho e à Virgem Maria, mas era também por essas linhas que se insinuavam a morte e o inferno.

Sim, os meninos bonzinhos, capazes de pisar só à meia força uma barata, deixando-a apenas aleijada para depois chutá-la para a área cimentada nos fundos da casa, onde estaria sempre passando uma ou outra formiga carnívora, funcionando como exploradora. E os meninos, sentados no chão, observavam como aquelas formigas, depois de encontrar a barata e de examiná-la, voltavam às pressas para a boca do formigueiro situada numa brecha do cimento, onde penetravam, para logo depois sair dali um verdadeiro exército daquelas formigas avermelhadas, que chegavam até a barata esperneando de barriga para cima e se instalavam sobre ela, penetrando por todas as partes de seu corpo, pisando-o, cortando-o, e a barata se debatia, estrebuchava, enquanto pedacinhos seus eram arrancados lentamente e levados para o formigueiro por pequenos grupos de formigas, sob o olhar atento dos meninos, debruçados tão próximos sobre a cena que podiam ver a cabeça triangular da barata virando-se para um lado e para outro, com seus olhinhos, procurando uma saída, impotente na sua longa agonia, até que os garotos, saciados da própria crueldade, arranjavam alguma outra coisa para fazer, deixando a barata entregue a sua sina — sem mesmo dar-lhe uma pisada de misericórdia —, aquela barata entre todas as baratas, uma cena da natureza agora sem o testemunho humano.

A menina, um pouco mais velha, não participava dessas "brincadeiras". Seriam as mulheres menos cruéis? Ou, simplesmente, ela não fora iniciada? Mas no menino mais novo, que veio a ser o contista, podia se alojar uma culpa tão forte que um dia ele perguntasse à mãe, depois de narrar o que fazia com as baratas: "Será que Deus vai me castigar no inferno, igualzinho eu faço com elas?". A mãe sorriu para o garoto e disse: "É só você se arrepender e não fazer mais isso, que Ele perdoa".

Mas levaria alguém a sério a dor de um inseto tão repelente quanto uma barata? Sim, alguém levaria: o futuro contista, a ponto de incluir o tormento dela, tantos anos depois, em seu conto obscuro.

As ratazanas eram diferentes; as ratazanas eram inimigas de respeito, e uma delas, em fuga, na disparada, cometera o erro de meter-se no compartimento cimentado que abrigava o medidor de gás da casa. Ali fora acuada pelo menino com o cabo de vassoura na mão. O menino prendera a barriga da ratazana contra a parede de cimento e, à medida que os órgãos do bicho eram espremidos, este mordia, na luta, entre guinchos terríveis, quase humanos, o cabo de vassoura, tentando, inutilmente, e também com as patas dianteiras, afastá-lo do seu corpo. A ratazana entendia tudo o que estava se passando e, enquanto já expelia um pouco de sangue pela boca, encarava o menino com um olhar de ódio tão intenso que metia medo no garoto e, se pudesse ser traduzida em palavras, talvez dissesse mais ou menos isso: "Você está me matando, seu filho da puta, mas, se eu fosse maior, arrebentava você". Um olhar que até hoje aquele que foi o menino guarda consigo e pensa: naquele dia, naquele momento do mundo, existiu aquela determinada ratazana com ódio sendo morta e aquele menino matando-a, fascinado e com medo. E depois a ratazana apagou-se e não era mais nada.

No conto obscuro, na memória dos doze anos do contista, há a moça que se despe no quarto à noite com a janela aberta numa casa em Botafogo, guiando-se apenas pela iluminação de um poste na calçada. Um dos postes que, naquele tempo, com suas luminárias e globos de luz tão formosos, tornavam as ruas do Rio uma espécie de cenário encantado. De seu quarto, um pouco mais elevado, na casa em frente, o garoto, coração disparado, fixa para sempre aquele vulto que parece emitir uma pálida luz própria, uma suave fosforescência, com seu rosto de cabelos longos, seus seios, suas coxas guardando entre elas uma outra obscuridade, um segredo, a despertar o desejo e as emoções do menino.

O conto obscuro pode sugerir, literalmente, um momento de eclipse em que o sol se torna meio negro, deixando ensombrecido o quarto onde um trompetista ensaia à tarde o jazz da noite junto ao leito em que a namorada dorme nua. A feliz junção do sol escuro com a nudez abandonada da mulher parece fazer o músico alcançar acordes nunca suspeitados. Ou não passará tudo de um videoclipe?

No sonho da namorada loura do trompetista negro há uma rua em Nova York onde ela é figurante de uma vitrina viva em que tem de representar, como num filme, angustiada, um papel de cujo texto, que deve dizer a um homem, não se lembra. Mas no momento seguinte, no sonho, ela tem é de dançar uma salsa num cabaré e arrasa, e aí a música do sonho se emenda à do trompetista, ela acorda e eles transam. Ou não passará tudo de um videoclipe?

Noutro momento do conto obscuro, branco é o homem e negra a mulher. No quarto dela, diante de um espelho, ela se põe aos pés dele e chupa o seu pau. Não dizem nada, apenas se olham no espelho — o homem com o rosto e as mãos crispadas, estas apoiadas na cabeça da mulher — mas ambos sabem que pensam mais ou menos a mesma coisa. Que uma mulher chupando um homem de pé é um dos maiores gestos de submissão que existe, ainda mais sendo ele branco e ela negra, mas a grande voluptuosidade e desejo vêm justamente dessa submissão e dessa diferença.

No conto obscuro há o velho desnudo, pura pele e osso, que acabou de deixar este mundo e agora o vestem com o seu melhor terno, que no entanto ficou larguíssimo, mas o que importa, coberto por tantas flores? No cemitério, na hora de baixarem o corpo à sepultura, surge, entre tumbas, a uma cautelosa distância dos familiares do morto, sua amante fiel e secreta, também velhusca, que diz baixinho: "Me espera que lá também serei tua".

No conto obscuro há o retorno da nadadora. Depois de enxugar-se e vestir sobre o maiô o roupão, ela se encaminha para a calçada e seus olhos se encontram com os do homem de sessenta anos. É uma mulher de estatura média, e magra, embora se ressaltem os músculos em seus braços e pernas. O homem se espanta diante daquele ser, que ele considera absolutamente frágil para o tamanho daquele feito no mar. Para ela, bastou uma troca de olhares para entender o pensamento do outro e achar graça naquele homem sentado à mesa do quiosque de guarda-chuva aberto. E quando ele lhe ofereceu um conhaque ela aceitou, sorridente. O que mais poderia desejar naquele momento? Mas quase julgou ter escutado mal quando o ouviu murmurar, como para si mesmo: "Estou precisando amar". Prudente, ela não disse nada, mas pensou: "Eu também".

No conto obscuro há um campo de flores vermelhas e amarelas chamadas gnósias, sobre as quais voam borboletas. No meio desse campo um violinista trajado de negro toca uma sonata de Beethoven diante de um túmulo em cuja lápide está gravado: Aqui jaz Júlia Macedo (*1870 + 1885), que será para sempre jovem e linda em nossas recordações.

No conto obscuro há também lugar para a felicidade e o amor clandestinos do contista. O amor pela moça virgem de dezoito anos com quem mantinha encontros furtivos porque era casado, pai de dois filhos, e tinha doze anos mais do que ela. A moça silenciosa e enigmática, franzina e delicada, linda e branquíssima, que ficava só de calcinha e deitava-se sobre ele vestido apenas com a cueca. A moça que ele não ousou deflorar porque não se decidia a ficar com ela, embora gostassem de fazer planos de um dia viver numa daquelas pequenas construções nos fundos de alguma casa — barracos, como eram chamadas —, que era comum os jovens alugarem em Belo Horizonte na década de setenta, em plena época hippie. Mas havia também o amor dele pela mulher e os filhos. E ainda um motivo mais difícil de reconhecer, para não ficar com a moça: era tão apaixonado por ela — e ela por ele — que tinha medo de que a realidade, no dia a dia, fizesse aquela paixão dissipar-se como uma miragem romântica.

Um dia ele revelou o caso todo para a mulher, a fim de que a situação se definisse para um lado ou para outro. Ele e a mulher ainda se gostavam e decidiram continuar juntos, e a moça acabou namorando um outro, um rapaz. Depois ela foi morar nos Estados Unidos e lá se casou e ficou vivendo. Mas eles haviam se prometido amar-se para sempre, feito nas histórias, e se separaram quando ainda não se dissipara a paixão, a miragem. Não se veem há mais de vinte e cinco anos e às vezes ele se pergunta como seria encontrarem-se tanto tempo depois, com a vida já tendo marcado os corpos e tudo o mais de um e de outro. Valeria a pena o reencontro? Porque, pelo menos de sua parte, ele carrega vívidas as recordações e os sentimentos do passado, ilusões que sejam, mas não gostaria de destruí-las.

No conto obscuro há outra canção. *Nada além*, de Mário Lago e Custódio Mesquita, cantada por Caio Fernando Abreu, com sua voz grave, seu corpo marcado pela aids, para um público numeroso e atento, num salão espelhado em Bad Berlenburg, Alemanha, numa leitura de trechos de *Onde andará Dulce Veiga?*, livro de Caio. *Nada além, nada além de uma ilusão/ Veja bem, é demais para o meu coração/ Acreditar em tudo o que o amor mentindo sempre diz/ Eu vou vivendo assim feliz/ Na ilusão de ser feliz/ Se o amor/ Só nos causa sofrimento e dor/ É melhor, bem melhor/ A ilusão do amor/ Eu não quero e não peço/ Para o meu coração/ Nada além, de uma linda ilusão.*

Durante a escrita do conto há sempre a iminência do fracasso, de o contista não conseguir manifestar os seus fantasmas, entes, pensamentos mais soterrados, e não lograr traduzir em imagens uma ânsia desesperada de poesia, como salvação de um vazio, angústia, solidão e depressão profundos, que clamam por um aniquilamento do próprio contista. A iminência do fracasso por não alcançar, com as palavras, momentos de beleza e amor com personagens vivos a ponto de libertá-lo da sua solidão, pois bastaria abrir as páginas certas do livro e visitá-los. Mas a iminência da derrota se apresenta tão terrível que ameaça o contista com o não obter êxito nem com a narrativa de seu fracasso, fazendo dele, o contista, radicalmente, um homem comum com a sua angústia, um rosto sofrido e anônimo na multidão. E ele pensa em invocar Deus em seu auxílio, mas o que tem Deus a ver com a sua veleidade? Quanto ao Demo, o contista não tem coragem de invocá-lo porque, de repente, poderia escrever um texto da mais fina fabricação e elegância e então desconfiaria que era da lavra de Satã, cumprindo sua parte no acordo terrível. Mas a impressão do contista é de que tanto Deus como o Diabo iniciariam sua fala sobre o conto assim: "Veja como é simples".

Sentado numa cadeira de balanço, pés pousados sobre uma arca cheia de livros, revistas, originais, papéis velhos e escritos abandonados; pernas dobradas para que possa apoiar sobre as coxas uma pequena prancheta com folhas de papel; rabiscando com uma caneta Bic anotações e pensamentos que incluem um trompetista e um pássaro negros, uma mulher nadando no mar agitado, o prazer de um molusco em sua concha, um campo de gnósias vermelhas e amarelas, borboletas, um violinista, cantigas crepusculares da infância, mas também manifestações da crueldade infantil, a beleza lugar-comum da melancolia, mas também felicidade, uma moça franzina e delicada como uma sílfide, uma amante secreta num velório, um debruçar-se sobre o não ser, o nada, a iminência de invocar Deus e o Diabo, tudo por um texto de elegância e beleza: "Veja como é simples". A moça despindo-se num quarto à luz de um poste, gatos copulando punidos com água fervente, um planeta deserto onde sopra e soa o vento para nenhuma testemunha, a limpidez de uma canção francesa, folhas secas pisadas no outono, clichês do amor e outros, textos repudiados, a ameaça de um fracasso tão mortificante que poderia ser fatal, um algoz interno que diz: "Você está acabado, cara". Os aromas de textos não escritos, ideias perdidas para sempre, composições, meandros, nuanças melódicas, a materialização de ilusões e fantasias, o dom da graça e da poesia, a língua está aí, mãe inesgotável, à espera de que você beba nela, língua e palavra, qualquer impossibilidade é toda sua, este ser que não pode ser nenhum outro, abismado, verdadeiramente obscuro é o contista.

O embrulho da carne

Ela para de chorar e, aos poucos, vai conseguindo articular as palavras.

— ... o fogo, eu estava paralisada, hipnotizada. Eu só queria que a mulher enforcada desaparecesse sem deixar vestígios. Mas a chama cresceu e me descontrolei completamente e comecei a gritar pela Neuza.

— Pode contar mais devagar, Teresa, se você quiser. Reservei uma hora e meia para você.

Ela amassa no cinzeiro o cigarro molhado de lágrimas.

— Quanto tempo já passou?

— Só oito minutos, Teresa. Você ainda tem bastante tempo. Aliás, não é só hoje. Nós temos muito tempo pela frente.

— É que o jantar está marcado, Elias, e agora não sei o que fazer. Mas tudo bem, vou tentar me controlar. Talvez assim você me entenda melhor.

— Talvez assim você também se entenda melhor, Teresa.

— Bom, eu segui mais ou menos as suas recomendações: reduzi os remédios e procurei fazer só o que tivesse vontade, não forçar nada. Quer dizer, forçar eu forcei um pouco; senão, não teria coragem de telefonar para ele e muito menos de ir ao açougue. Você sabe como me sinto num açougue.

— Ele é o homem que ajudou você quando você bateu o carro?

— Sim, o Ivan. Está certo que só telefonei para ele depois de tomar os remédios, mas eles ainda não deviam estar fazendo efeito. Mas é igual a acender um cigarro, você me entende, uma bengala para a insegurança. (*Ela sorri, porque tira um cigarro do maço. Mas não o acende.*) E, sabendo que eu já tinha tomado os remédios e logo ia dormir, eu me sentia mais segura para falar com ele. E ele aceitou na hora o convite para vir jantar no dia seguinte; quer dizer, hoje, e agora estou desse jeito e não sei o que fazer. Ele falou que ia trazer o vinho e me perguntou se a gente ia comer carne ou peixe; então eu perguntei o que ele preferia e ele disse carne, prontamente, de um modo que me pareceu malicioso e me incomodou um pouco, pois, afinal, ele era praticamente um estranho, que só viera ao meu apartamento por causa de um acidente. Tentei explicar a ele, embaraçada, que eu lhe devia um agradecimento, e ele disse, rindo, "não há de quê, foi um prazer", e só então percebi que minhas palavras podiam estar sendo levadas além da conta. Ou talvez não, sei lá. Mas eu não queria estragar as coisas e disse, rápido e baixinho: "Pra mim também". Eu só queria ser uma mulher normal convidando um homem simpático para jantar, talvez um possível namorado, mas ainda não. Estava nervosa e encabulada, mas quando me deitei estava tudo bem, e aí, sim, os remédios já deviam estar fazendo efeito e me senti contente comigo mesma, com a minha coragem.

— Você está dormindo bem com a meia dose dos remédios, Teresa?

— Estou. Quer dizer, com a meia dose as coisas ficam só a

metade melhor, ou só metade pior — ela ri nervosamente. — O problema não é esse. Hoje de manhã eu também estava bem, antes de ver a mulher enforcada de quem falava no princípio. Tanto é que resolvi comprar eu mesma a carne, porque empregada o açougueiro não respeita e eu queria um bom filé-mignon para fazer um estrogonofe.

— Você acha que foi ao açougue só por isso?

Ela acende o cigarro:

— Eu sei o que você está pensando. É claro que fui ao açougue também porque queria me experimentar. E não aconteceu nada de mais lá, o problema foi depois. Quer dizer, pensar aquelas coisas de sempre eu pensei, e por mais que você aponte um problema meu aí, continuo a achar que eu apenas tenho mais consciência do que as outras pessoas e por isso sinto mais. Eu até como um bife com fritas numa boa, adoro, mas no açougue é diferente, toda aquela carne vermelha e gordurosa, cadáveres dependurados, de seres como nós. A única diferença é que não são nossos semelhantes, aliás até que são, só que de outra espécie. Mas eles também têm *anima*. E quem disse que temos mais direitos do que eles? Quantas vezes não pensei, e até já disse, se não seria a mesma coisa se um homem de uma raça superior, ou um ser de outro planeta, sei lá, criasse a gente desde criancinha, para depois comer?

— Mas existe de verdade esse ser superior que come a gente, Teresa?

— Não adianta, eu sei aonde você quer chegar. Estou falando de comer de verdade, devorar. Não existe, mas poderia existir. Aliás, até já existiu: os canibais. Mas estou falando é da minha consciência. Não consigo entrar num açougue achando tudo natural. Quer dizer, natural até que é, porque a vida é exatamente assim, uns devorando os outros, só que eu tenho consciência disso o tempo todo e as outras pessoas não. Mas qual a

diferença entre nós e os canibais? Nenhuma. Só porque a gente come carne de bicho e eles comiam de gente? Mas, pensando bem, os selvagens eram até mais sadios do que nós, porque a vida é assim e eles não ficavam se remoendo o tempo todo. Ou os bárbaros, que iam lá, atacavam as outras aldeias, matavam, estupravam. Foi isso o que fizeram com aquela mulher do jornal.
— A diferença talvez esteja no amor, Teresa.
Ela apaga o cigarro com raiva, antes de chegar à metade dele.
— Amor, que amor?
— Você estava comprando carne para um homem no qual está interessada, Teresa. Os homens que mataram aquela mulher não podiam sentir nenhum amor.
— Bem, quanto a isso não há a menor dúvida. — Ela tenta dar uma risada sarcástica, que se interrompe bruscamente para ceder lugar a um sorriso quase imperceptível de satisfação. — E se você quiser chamar de amor o meu caso, pode chamar, mas eu não tenho nenhuma certeza disso. Eu já disse a você que eu estava querendo me testar. Por isso nem deixei a Neuza cortar a carne, queria fazer tudo com minhas próprias mãos. E para fazer um estrogonofe, você sabe, a gente corta o filé em pedacinhos, mete a mão na carne pra valer. E, enquanto eu estava fazendo isso, sentia as pernas bambas. Mas não era só por causa da carne; era também porque me lembrava da batida do carro e de como o Ivan me trouxe até em casa, e senti que estava me metendo numa aventura louca, eu nem conhecia direito o Ivan e estava ali cozinhando para ele, como uma mulherzinha, e não nego que isso ao mesmo tempo me excitava e metia medo. E você sabe que na cabeça da gente passa uma porção de coisas ao mesmo tempo e, na minha, era como se o Ivan tivesse me levado até o quarto naquele dia, e não a Neuza. Passava também o meu marido, era como se o Ivan se confundisse

com o Rodrigo, que me levava até a cama e trepava comigo. E aí eu senti como se estivesse para trair o Rodrigo, quando, na verdade, foi ele quem me deixou. Mas eu acho que teria seguido em frente sem maiores problemas, pelo menos com o estrogonofe, se não fosse o jornal que embrulhava o plástico com a carne. Então o verdadeiro problema não foi o Ivan, nem meu marido, nem a carne, foi o embrulho da carne. Quanto tempo falta?

— Cinquenta e oito minutos, Teresa.

— Parece que aquela mulher tinha mesmo de entrar na minha vida, para detonar tudo. Como se tivesse um encontro marcado comigo. Entenda bem que eu embolei o jornal que embrulhava o plástico com a carne e atirei-o na lata de lixo, só que ele caiu fora da lata. E, não sei por quê, num determinado instante, talvez porque o jornal se mexesse enquanto eu cortava a carne pensando naquelas coisas todas, olhei para lá e não pude deixar de ver. A mulher enforcada no vagão do trem. Ela foi enforcada com a própria saia. Amarraram a saia no pescoço dela e a puxaram pelas pernas. Não tenho certeza, mas acho que o jornal fez um barulhinho se mexendo, que me assustou. Essas coisas acontecem, um papel embolado se mexer. Aí eu me fixei na foto da mulher e não consegui mais me desligar. Foi como se ela me atraísse, me obrigasse a olhá-la.

— Mas aquele jornal que trazia uma cabeça degolada você parou na banca para ver, não foi, Teresa?

— Havia um grupinho de pessoas em frente à banca e fiquei curiosa. Algumas estavam rindo, e a manchete não deixava mesmo de ser engraçada: ACHARAM A CABEÇA. (*Ela ri, nervosamente, e parece sentir um prazer compulsivo ao recontar a história.*) E ali estava aquela cabeça, na vertical, em cima de uma mesa de sinuca. Os matadores haviam esquartejado o homem e espalharam os pedaços dele em locais diferentes, deixando bilhetinhos gozando a polícia. Na hora eu cheguei a rir um pouco, porque, de fato, havia um amor sinistro, quer dizer, um humor sinistro naquilo. Mas depois, quanto mais eu queria afastar aquela cabeça do meu pensamento, mais ela se grudava nele. Você sabe o que eu passei. Não gosto nem de lembrar.

O doutor Elias sorri com bonomia.

— Você disse um amor sinistro, Teresa.

— Eu sei, eu percebi. Dou o braço a torcer.

— Você também me disse, na época, que sentia inveja daquela cabeça porque ela não pensava mais.

— Você está querendo me gozar, Elias?

— Você sabe que não, Teresa. É porque há coisas importantes para a gente ver aí. E talvez você se obrigue a ver de perto as coisas que mais teme. Por que você pegou o jornal no chão para ler?

— Eu já disse, era como se eu fosse mesmo obrigada. Já tendo visto a mulher, eu não podia ignorá-la, fingir que tudo ia no melhor dos mundos. Eu ali na minha cobertura (*ela diz isso com autodesprezo*), preparando um estrogonofe, e a mulher dependurada na cabine do trem-fantasma, como estava escrito no jornal. Porque era uma velha composição abandonada no pátio de manobras da estação de Bangu. Os maquinistas de outros trens cruzavam o local e as luzes dos faróis batiam de relance naquela cena macabra. Esses detalhes eu só li depois, mas já não podia mais mexer com a carne e pensei que fosse vomitar ou desmaiar. A Neuza entrou na cozinha, e disfarcei o jornal debaixo do braço e mandei que ela terminasse de aprontar a carne, embora, a essa altura, eu já não quisesse mais saber de estrogonofe nem de jantar nenhum. A Neuza disse que o meu rosto estava branco como cera e perguntou se eu estava passando mal. Eu disse a ela que não era nada e fui para o quarto e me atirei na cama, toda trêmula, com o jornal na mão. Não conseguia nem chorar.

— Você levou o jornal para o quarto para terminar de ler a reportagem, Teresa?

— Foi e não foi. Porque eu queria dar um sumiço naquele jornal, não queria que a Neuza me visse com ele. A Neuza é do tipo de pessoa que lê esse tipo de notícia e, por alguma razão, eu não queria que ela soubesse que eu vira a foto da moça nua, enforcada. Sei lá, eu não queria que a Neuza pensasse nada, ela sabe que sou meio esquisita e eu teria vergonha se ela entendesse o que se passava dentro de mim. É tudo muito complicado, porque também pensei em jogar o jornal pela janela do meu quarto, mas que sujeira eu ia fazer; (*sarcástica*) o que os vizinhos podiam pensar? Mas a outra verdade — a verdade mesmo, eu acho — é que eu só tinha visto a fotografia e passado os olhos na reportagem e precisava ler aquela notícia, do princípio ao fim, como se fosse covardia, ou uma traição à moça morta, se eu não lesse. É isso. Se a moça tinha passado por aquilo tudo, eu tinha, no mínimo, obrigação de saber tudo, saber como são as coisas. Meu coração pulava pela boca, mas me deitei na cama, abri o jornal e fui lendo os detalhes, um por um: que era uma moça humilde, de uns vinte anos, presumivelmente, com roupas surradas e calçando um velho tênis cor-de-rosa, com um buraco na sola. Isso, no tênis que ainda estava no pé dela, porque o outro estava caído no chão do vagão, junto com a calcinha, a miniblusa e o sutiã. Segundo os policiais, ela provavelmente fora atraída por um homem para um encontro amoroso no vagão do trem abandonado, o trem fantasma, que serve de abrigo para mendigos, marginais e viciados em drogas, conforme o depoimento dos moradores da região. Chegando lá, havia, com certeza, pelo menos mais um homem esperando, e ela pode ter resistido, pois foi brutalmente espancada, antes de ser estuprada e morta, e isso a gente podia ver pelo rosto desfigurado dela na fotografia.

Teresa faz uma pausa, retendo o choro. Depois, continua.

— Como é que alguém pode transar com uma mulher assim, e, depois, ainda amarrar ela pelo pescoço num daqueles ferros que ficam no teto dos vagões e puxá-la pelas pernas, até ela morrer? Como é que pode?

Teresa não consegue mais reter as lágrimas enquanto fala.

— Você já pensou no terror que ela deve ter sentido ao ser estuprada e morta? E ela deve ter pedido: "Pelo amor de Deus, não me matem". Mas que Deus é esse, que deixa acontecer uma coisa dessas? Será que não é melhor morrer do que viver num mundo assim?

— Você chegou a sentir inveja daquela moça, Teresa?

— Não, é claro que não. Apenas pensei que deve ter sido melhor para ela quando ela morreu. Quando acabou tudo.

— Você não acha que a sua vida é muito diferente da vida daquela moça? Ela é digna de lástima, sem dúvida. Mas é toda uma outra situação.

Teresa assume um tom raivoso:

— E daí? Ela entrou na minha casa junto com o jornal, como se estivesse pedindo socorro, solidariedade, exigindo que eu olhasse para ela, como se dissesse que aquilo podia acontecer com qualquer uma de nós. E pode mesmo. Não é porque eu sou mais ou menos rica que não pode acontecer comigo. Talvez não em Bangu, mas pode acontecer. — Teresa tenta rir, mas não consegue.

— Será que você também não está pedindo socorro, Teresa?

— Estou, Elias. Eu estou pedindo socorro, sim. Eu não aguento mais.

— E eu estou aqui para isso. Estou aqui com você.

— Está, mas é um profissional. Naquela hora que eu liguei você estava ocupado.

— Estava, Teresa, mas assim que ouvi seu recado na secretária eletrônica, tentei ligar para você. Seu telefone deu ocupado e tive que esperar mais uma hora, por causa de outro cliente.

— E aí já era tarde, eu já tinha me descontrolado e engoli um Melleril, sem água nem nada. Mas isso foi o de menos, o pior foi o fogo. Eu posso ser uma burguesinha fresca que faz análise, mas, de repente, aquela moça enforcada era eu, entende? E muito mais do que você imagina. Porque eu era ela até fisicamente, pois minha mão estava suja da tinta do jornal e engordurada da carne. Na pressa de sair da cozinha, nem lavei as mãos e, para mim, eu estava engordurada era da carne da moça. Ao mesmo tempo, era eu quem balançava, enforcada, na escuridão da noite, num vagão de trem abandonado. E não havia ninguém para vir em meu socorro; não havia ninguém comigo.

— Mas agora eu estou aqui com você, Teresa.

— Está, mas naquela hora não. — Ela acende mais um cigarro. — E foi um impulso irrresistível: peguei o isqueiro que estava ao lado do maço de cigarros, em cima da minha cama, e ateei fogo no jornal, assim bem embaixo da folha. Não sei se faz sentido para você, mas para mim faz todo: eu queria que aquela imagem e aquela notícia e meus pensamentos desaparecessem, então só podia ser com o fogo. Porque o fogo consume e purifica tudo. Está aí a explicação de por que eu quase toquei fogo no meu quarto.

— Queimou muita coisa, Teresa?

— Queimou bastante a roupa de cama e um pouco do colchão, pois quando a chama cresceu e ia queimar minhas mãos, eu tive que pular da cama e largar o jornal. Mas se não fosse a Neuza me acudir, podia ter queimado muito mais. Eu estava paralisada, só conseguia gritar. E demorou um pouco até eu perceber que a porta do quarto estava trancada por dentro. A Neuza ficou esmurrando a porta e quando, finalmente, eu me toquei e abri para ela, ela teve a presença de espírito de pegar um cobertor no armário e abafar o fogo. Depois ela trouxe um balde d'água para jogar no colchão que ainda fumegava, e ficou me perguntando aquelas coisas todas. Se eu estava bem. Como é que aquilo tinha acontecido. Mas o que eu ia dizer? Que tocara fogo num jornal por causa da moça enforcada? Ainda havia um pedacinho ou outro do jornal chamuscado, mas a moça, felizmente, tinha desaparecido. Então eu disse que fora um cigarro, mas a Neuza não era tão trouxa assim para acreditar e foi ela quem sugeriu que eu ligasse para o Rodrigo.

Teresa olha para o cigarro, que já queimou quase até o filtro, e o apaga. Elias diz:

— Deve ter sido quando você tentou falar com o Rodrigo que eu liguei para você, Teresa.

— É, deve ter sido, mas o que mais me emputece é que foi aquela jararaca, aquela lambisgoia da Silvana quem atendeu. E olha que eu cheguei a pensar em ligar para o Ivan, inclusive para desmarcar o jantar, mas eu estava histérica e o que ele ia pensar de mim? Um dia uma batida de carro; noutro dia um incêndio... Aí eu pensei: estou separada do Rodrigo, mas ele não é meu inimigo, até pelo contrário. E o apartamento também é dele, ainda não repartimos os bens. Mas isso era uma desculpa pra lá de esfarrapada, eu estava querendo era que alguém me amparasse, me protegesse. Eu devia ter adivinhado que, numa hora daquelas, o Rodrigo estaria trabalhando e quem ia atender era a Silvana. E não deu outra. E sabe o que ela me disse com aquela vozinha dela, de megera meiga, quando eu perguntei pelo Rodrigo e contei o lance do fogo — é óbvio que sem explicar como tudo começou? Ela disse que estava no sexto mês de uma gravidez complicada e que o médico recomendara que ela permanecesse calma e em repouso. Aí ela pediu, sempre com aquela voz sonsa, de mulherzinha submissa, a minha compreensão. Para eu não ligar para o Rodrigo hoje, não levar mais problemas para ele, que já andava preocupadíssimo com ela e com o filho que vai nascer. Ela falou isso com uma voz de súplica educada, mas tapa com luva de pelica é pouco para definir o que ela fez comigo, jogando na minha cara o fato de eu nunca ter tido um filho com o Rodrigo, de puro medo, você sabe muito bem, aquele negócio de ter uma criatura dentro do meu corpo, que depois vai rasgar as minhas carnes para nascer num mundo destes. Mas eu não ia dar para a Silvana a satisfação de me ver mais desarvorada do que já estava e eu disse, apenas: "Está bem, obrigada, desculpe o incômodo", e pousei, suavemente, o fone. Mas é claro que comecei a chorar e só pensava nisso: "Meu Deus, eu não tenho ninguém". Mas aí, logo depois, você ligou.

— Eu percebi, por sua voz na secretária, que você queria muito estar comigo, e sabe o que eu estou pensando agora? Se a gente também não tinha um encontro marcado desde o princípio.

Ela dá uma risada, entre bem-humorada e levemente histérica, e acende outro cigarro.

— Essa não, Elias. Você não está sugerindo que eu quase toquei fogo no apartamento para marcar uma sessão extra com você, está?

O doutor Elias fala com uma voz, talvez deliberadamente, serena e afetuosa.

— Talvez, Teresa. Mas não é assim tão pau, pau; pedra, pedra. Mas estou me lembrando de que você disse que era como se aquela moça tivesse um encontro marcado com você. Se a gente seguir um pouco mais nessa linha não é nenhum absurdo pensar que nós também tínhamos um encontro marcado. E eu estou aqui para isso, para o que der e vier.

— Não, não está não, Elias. Você é um profissional e, daqui a pouco, eu vou voltar sozinha para casa. Que horas são?

— Quinze para as cinco, Teresa.
— Quanto tempo falta, exatamente, para a gente acabar?
— Mais ou menos quinze minutos, Teresa.

Teresa acende mais um cigarro e fala com uma voz lamurienta, carregada de ansiedade:

— E o que eu vou fazer depois desses quinze minutos, me diga: o que eu vou fazer? Me entupir de remédios igual quando bati o carro?

— Você sabe que não, Teresa. E lembre-se de que eu a adverti para não dirigir enquanto estivesse usando os medicamentos.

— Não se preocupe que agora o carro está na oficina, e eu vou de táxi. E não precisa me botar mais culpa.

— Claro que não, Teresa. Eu só estou falando para você não se entupir de remédios. Tome as meias doses e pronto. E se tomar vinho no jantar, não tome os remédios hoje.

— Você acha que eu devo manter o jantar com o Ivan?

— Eu não posso achar nada, Teresa. São os seus sentimentos, os seus desejos, que devem prevalecer.

— Como é que você acha que eu posso encontrar o Ivan, jantar com ele, talvez transar com ele, depois de tudo o que eu senti hoje? Depois de tudo o que aconteceu. O meu quarto está até com cheiro de queimado. Por mais que a Neuza tenha ajeitado as coisas, vão restar vestígios do que aconteceu. Vestígios que, para mim, são da moça enforcada e estuprada, Elias.

— Vocês precisam necessariamente transar, Teresa?

— Não sei, as coisas podem caminhar para isso. A maneira como Ivan disse "carne" sugeria isso.

— Você ainda tem tempo de ligar para ele e cancelar tudo. Ou explicar que houve um problema na sua casa — na cozinha, por exemplo — e que vocês poderiam jantar fora. Você tem medo do Ivan?

— Para falar a verdade, do Ivan, especialmente, não. Achei

ele um homem decidido, mas atencioso. E talvez só tenha subido ao apartamento comigo porque eu estava meio lesa, não por causa da batida, que foi uma coisa à toa, mas por causa dos medicamentos que eu tomo. O Ivan até deixou o carro dele estacionado no local da batida, depois de parlamentar com o motorista do ônibus — o ônibus não amassou nada —, e veio dirigindo o meu carro até o meu edifício. Ele queria me levar a uma clínica, eu é que não quis, e tive que explicar que tomava certos medicamentos. Que vergonha, meu Deus. E ele só foi embora depois de me deixar com a Neuza e ainda me deu o seu cartão, caso eu precisasse de alguma coisa. Vou confessar uma coisa pra você, Elias. Eu fiquei muito decepcionada que o Ivan não telefonasse para mim, nem que fosse para saber como é que eu estava.

— Você deu o número do seu telefone para ele, Teresa?

— Não, não dei, mas ele poderia ter conseguido de alguma forma, sei lá como, talvez pelo endereço. Eu estou com medo de que ele me ache meio louca. — Ela apaga o cigarro. — Aliás, pensando bem, eu sou meio louca mesmo, você não acha?

— Não acho não, Teresa.

— O que eu sou então?

— É uma boa questão, Teresa, para você, para nós. Para nós irmos decifrando aos poucos.

Teresa volta a se mostrar nervosa.

— Aos poucos, aos poucos... E o que eu vou fazer agora? Desmarco ou não o jantar?

— É você quem terá que decidir, Teresa.

— Eu disse que não tinha medo do Ivan, especificamente. Eu tenho medo é de tudo.

— Você não estará com medo de você mesma, Teresa?

— Você quer dizer da minha loucura?

— Não, Teresa. De se libertar dela. Disso que você chama a sua loucura, que você usa para se defender do mundo. Medo dos seus próprios desejos, Teresa.

— Vou lhe confessar uma coisa embaraçosa, Elias. Sabe qual é o meu desejo agora? Por mim eu jantava com você, ficava com você. De você eu não tenho medo. — Ela se adianta para sentar-se na beira da poltrona e segura a mão dele. Ele deixa sua mão na dela, e diz:

— A gente pode marcar outra sessão para amanhã, Teresa.

— E se não houver amanhã para mim?

— Vai haver sim, Teresa. É claro que vai.

Ela volta a chorar, mas parece forçar um pouco as lágrimas. Elias, sem soltar a mão de Teresa, medita. Depois, liberta sua mão da dela e diz, levantando-se:

— Está bem, Teresa. Nós podemos continuar por mais meia hora. Mas antes eu tenho que avisar uma pessoa que vou atrasar um pouco.

Elias sai da sala. Fica ausente por uns seis ou sete minutos. Ao retornar, encontra Teresa fumando, mas visivelmente transformada, até com sinais de uma euforia contida.

— Pronto, Teresa. Temos mais meia hora.

Teresa, a princípio, fica muda, embaraçada. Depois diz:

— Desculpe-me, Elias, mas aconteceu alguma coisa comigo. De repente eu fiquei bem e percebi que não preciso mais dessa meia hora.

Ele se mostra surpreso, e parece que irá reagir irritadamente. Depois, relaxa, senta-se e fala com visível satisfação.

— Que bom, Teresa. Eu acho que você está melhorando. E talvez tenha acontecido alguma coisa muito importante aqui, hoje, agora, entre nós dois.

Ela sorri maliciosamente.

— O encontro marcado, Elias? Essa meia hora a mais que você me deu?

Ele também sorri:

— Sim, o nosso encontro, Teresa. E bastou você ter a meia hora para não precisar mais dela.

Ela se levanta e diz:

— Decidi jantar com o Ivan, Elias.

Ele também se levanta e fala com um tom de ironia amistosa:

— Decidiu comer a carne, Teresa?

— Quer saber de uma coisa, Elias? Saindo daqui, vou passar numa loja de colchões e vou comprar um colchão novo e exigir que eles o entreguem ainda hoje, antes do jantar, nem que eu pague um dinheirão. Esse colchão vai pegar fogo hoje à noite, Elias. Porque eu vou comer a carne, vou comer o Ivan, e, se você deixasse, comia você também. — Teresa dá uma gargalhada, deliberadamente louca.

— Bom jantar, Teresa — Elias diz, já com a mão na maçaneta da porta e num tom que procura ocultar todo sinal de sarcasmo.

— Para você também, Elias, seja lá o que for que você vai comer — ela diz, com uma nova risada, não procurando ocultar o que quer que seja. E, na hora de trocarem beijos no rosto, ela aproxima, bem mais do que habitualmente, seus lábios dos dele.

Na sala de espera, Teresa vê, sentada a uma poltrona, uma mulher fumando, fixando uma revista, com ar de enfado, como se estivesse com o pensamento em outro lugar muito longe, dentro de si mesma. Ela levanta os olhos para Teresa, deixando transparecer uma grande hostilidade. Mas Teresa a desarma, dizendo:

— Tudo de bom para você, querida.

A mulher ensaia um pálido sorriso:

— Para você também.

*

Nota: Este conto foi imaginado a partir de matérias, sobre o mesmo crime, publicadas em O Dia e no Jornal do Brasil de 23.3.1987, um tempo em que ainda havia açougues onde se embrulhava carne com jornais. Anotações foram feitas à época, guardei os recortes dos jornais, mas o texto só veio a ser escrito em 1999.

Saindo do espaço do conto

Saindo do espaço do conto para mergulhar nos palcos interiores de uma escrita dramática subjetiva como que encravada no corpo-pergaminho de um jovem dramaturgo arruinado pela peste hodierna, depois de amores mortais, desfazendo-se em fezes liquefeitas, mas cuja mente, em devaneios de morfina, antevê germes saídos desse corpo metamorfoseados numa orquídea sobrevoada por uma borboleta; antevê, ainda, sua carne e espírito exumados em fogos-fátuos que são como néons na noite, formando afrescos angelicalmente sensuais, e o letreiro verde e vermelho de um bar chamado A mariposa, com a figura azul e amarela do inseto batendo em movimentos tripartidos as suas asas e, lá dentro, um homem com um bandoneon que toca um tango lento dançado por dois casais na pista, belos e oníricos, enquanto uma moça sentada à mesa do computador destinado aos fregueses do estabelecimento envia um poema para alguém em outro canto do mundo; enquanto, ainda, fregueses no balcão pensam ou trocam impressões sobre suas experiências pessoais, amores, solidão, a doce melancolia daquele tango e Deus.

Sim, porque acostumado a ver sua vida como se ela se passasse num palco, mesmo a sua tragédia pessoal, o jovem hospitalizado instala um outro jovem, que o representa, no balcão daquele bar, e que pergunta ao barman, um distinto senhor de smoking, de seus quarenta e poucos anos, com um meio sorriso de compreensão no canto da boca para todos que o rodeiam, se ele acredita em Deus. Sem deixar de misturar coquetéis, como se se tratasse de uma liturgia, responde o barman, com uma voz tranquila, que é pelo menos possível a existência d'Ele, que não seria nem um pouco mais espantosa que a existência de um universo sem Deus. O jovem quer saber, então, se isso significa que se poderá esperar uma outra vida depois da morte. O outro diz que, sinceramente, não sabe dizer, mas, de todo modo, as coisas e as pessoas todas caminham para onde devem caminhar, seja uma transformação ou uma dissolução no todo.

Pensa então o jovem, no hospital, em seu gato, morto há dois anos. Com o bálsamo da morfina, pode sorrir diante da ideia de que, caminhando ele para onde tudo caminha, de alguma forma se reunirá a seu bicho de estimação. Pensa também que há uma natureza primordial dos gatos, pairando imaterial, transmitindo-se de gato a gato. E, mais uma vez, a mente do jovem é tomada pela ideia de um palco. Houvesse ainda tempo, escreveria uma peça em que figuraria um gato de verdade. Talvez, com os estímulos certos, o bichano pudesse habituar-se ao cenário da peça e cooperar, não fugindo dali na hora dos espetáculos. A peça deveria consistir num monólogo, mas o protagonista, a quem o jovem emprestaria inquietações e sentimentos seus, como que conversaria com o gato. Falaria de acontecimentos de sua vida, amores, escritos. Falaria também do vírus e da morte. De alguns pontos se ouviriam ruídos de tráfego, às vezes de chuva, de vozes na rua, pássaros, cigarras, aviões, ou mesmo sons estilizados ou da imaginação. O público seria posto em sintonia com esses estímulos concretos, que adquiririam um peso maior por se saber que o personagem trafegava na rota da morte. E, sobretudo, haveria aquela presença de um gato. Em determinados momentos, com o personagem adormecido, o gato poderia, em acasos felizes, brincar, espreguiçar-se ou lamber graciosamente uma pata. E a luz de um refletor, discreta para não assustá-lo, incidiria sobre ele com seus belos olhos faiscantes. E alguns espectadores talvez se impregnassem do que ele, o jovem dramaturgo, estava pensando agora, um pouco antes de também adormecer: que um gato vive ainda quando nos ausentamos, ainda quando morremos.

No meio da noite

No meio da noite as ondas luminosas do sonho de uma mocinha de seus quinze anos que dorme num dos muitos milhares de quartos escuros da cidade e sonha que atravessa, descalça e vestida apenas com uma camisola, um parque nas trevas atenuadas pelos clarões dos arredores, de modo que as árvores e arbustos são como vultos que se movem soprados pelo vento feito fantasmas e gigantes, e a moça ouve passadas às suas costas e quer correr, mas seus passos não ganham velocidade e, de repente, sentindo uma presença muito próxima atrás de si, ela se volta e lá está não uma pessoa, mas um cavalo, com seus olhos imensos, meigos e aquosos, encostando o focinho no peito dela, provocando-lhe um misto de afeição, que o animal também busca, apesar de um tanto brusco, e temor. Mas logo depois, com uma agilidade insuspeitada, ela monta no dorso em pelo do cavalo, atravessam velozes o parque e alcançam, ganhando altura, as ruas da cidade, com alguns de seus prédios iluminados, outros até sinistros na escuridão. E, galopando logo acima desses prédios e também sobre alguns veículos que passam em velocidade, com seus faróis e lanternas, ela sente o coração bater forte, ao mesmo tempo de medo e arrebatamento, e, abraçada ao pescoço do cavalo, sabe que tem alguma ligação misteriosa com o corpo pulsante do animal, quase como se fizesse parte dele, com sua força selvagem e delicada, como a do próprio sonho, e, nesse momento, ela cai em seu quarto, em sua cama, e experimenta como nunca o seu corpo, ao qual se abraça, como se fossem ela mesma e um namorado, a criadora de sonhos e sua criatura, a montaria e a mocinha, que despertou entre lágrimas e estremecimentos, um pouco assustada mas cheia de júbilo por ter vivido aquela grande aventura que estará para sempre pegada a sua existência.

Formigas de apartamento

Na madrugada da cidade acende-se uma luz de abajur. É a velha senhora que acordou apertada para fazer xixi. Ela poderia ir ao banheiro no escuro, se quisesse, pois é o apartamento onde mora há muitos anos. Mas, com o glaucoma, que já lhe levou o olho direito e boa parte do esquerdo, ela prefere não correr o risco de esbarrar nas paredes e móveis, derrubar ou tropeçar em algum objeto, despertando alguém da família.

Às vezes a velha senhora, que toma diariamente um antidepressivo e um sonífero, acorda mijada ou mesmo cagada no meio da noite e chora baixinho por tamanha humilhação. Antes de a filha convencê-la a dormir com fraldas, havia noites em que ela molhava e sujava a roupa de cama e, no dia seguinte, dependendo do humor da filha, esta podia ralhar com ela, dizendo que, daquele jeito, até a empregada tão antiga acabaria indo embora.

A velha senhora, quando conseguia se fazer ouvir, lembrava a todos que, por sua vontade, se mudaria para a clínica geriátrica, principalmente agora que não mais contava com a exclusividade da empregada. As respostas que recebia variavam desde "Não venha fazer chantagem sentimental com a gente, mamãe", até a secura de "Você sabe muito bem que é caríssimo".

Mas bastava a senhora fixar em silêncio a filha e o genro para que eles se lembrassem de que metade do apartamento era dela, que também o tinha em usufruto, depois da morte do marido. E que bastaria o dinheiro dessa metade, somado à pensão do marido e a algumas aplicações financeiras, para que ela pudesse morar na clínica até o final de seus dias. Ela visitara a clínica e vira como todos eram bem tratados e tinham direito a quarto individual com banheiro, obviamente porque estavam pagando.

Durante aquela conversa muda, até tratavam com maior deferência a velha senhora, como se também se lembrassem de que a iniciativa de morar com a mãe e sogra fora deles, com as finanças controladas desde que deram entrada num apartamento, ainda na planta, na Barra. O apartamento em que estavam morando era num prédio antigo do Flamengo e até aquele momento ninguém tocara no assunto de a velha senhora ir morar no apartamento novo, quando estivesse pronto.

Com o casal viera seu filho único, Fernando, agora com dezoito anos. Apesar de um tanto displicente e desligado, era ele que, junto com Mercês, a empregada, mantinha as melhores relações com a velha senhora e até partilhava um segredo com ela. Fernando também prestava pequenos serviços para a avó, como comprar cigarros a varejo e remédios e, às vezes, levá-la para dar pequenos passeios, deixando-a toda orgulhosa por andar de braços dados com um rapaz tão bonito.

Como a velha senhora não possuía mais destreza física e mental para transações bancárias, seu cartão bancário era guardado por Alice e Pedro, a filha e o genro, que movimentavam escrupulosamente o dinheiro da pensão e dos investimentos dela. Uma contabilidade era mantida, em que as despesas domésticas se dividiam por três, excluindo o rapaz, que não tinha rendimentos, só estudava. Mas, como o beneficiário era o neto, a velha senhora não se incomodava nem um pouco com essa divisão e até passava algum dinheiro para o garoto, que costumava retribuir-lhe com um beijo no rosto ou na testa, o que umedecia os olhos da avó.

Certa tarde de domingo estavam só ela e Fernando em casa. Passando diante da porta do quarto dele, entreaberta, a velha senhora ouviu música e sentiu um cheiro estranho vindo lá de dentro, juntamente com fumaça. A senhora perguntou uma, duas, três vezes, em voz cada vez mais alta, se podia entrar, até que ele a escutou, baixou o volume do som e, descalço, vestindo só uma bermuda, veio abrir a porta para ela.

"Fica à vontade, vó", ele disse, ajudando-a a sentar-se numa cadeira junto de uma mesa com um computador desligado, depois de virar a cadeira para a cama, onde ele próprio se acomodou, recostado contra um travesseiro e uma almofada. O som vinha de um pequeno aparelho sobre uma prateleira.

"Que música é essa, Nando?"

"É Jimmy Hendrix, vó; é do seu tempo?"; ele riu.

"Eu sou muito velha, Nando."

"Também não é do meu tempo, vó, eu sou muito novo", ele riu outra vez. "A senhora está gostando?"

"Mais ou menos, mas não precisa se incomodar comigo. Esse cigarro que você está fumando é de palha?"

"Se eu contar um segredo, a senhora não conta para ninguém?"

"Não conto não."

"É cannabis sativa, vó. Que as pessoas também chamam de maconha."

"Ih, meu filho, cuidado com as drogas, elas fazem muito mal."

"Não é droga não, vó. É só uma erva da natureza. Faz menos mal que o cigarro que a senhora fuma. Quer experimentar?"

"Se eu fumar, o que acontece comigo?"

"Nada de ruim, eu garanto. Só vai perceber melhor umas coisas."

A velha senhora hesitou um pouco, mas depois disse que queria experimentar só um pouquinho. Aí o neto mostrou-lhe como devia tragar a fumaça e retê-la nos pulmões. A velha senhora deu só duas tragadas, pois, na segunda, começou a tossir. O neto aplicou-lhe dois tapas suaves nas costas e a tosse parou.

"Deus me livre, Nando."

Fernando pegou o cigarro da mão da avó, deu mais uma tragada e apagou-o num cinzeiro.

"É só isso, Nando?"

"Só isso o quê, vó?"

"Não estou sentindo nada."

"Espera um pouco, vó."

Sobre a mesa, num espaço deixado pelo computador, havia dois papéis laminados de bombom, com pedaços ínfimos de chocolate. Uma carreira de formigas dava em cima deles, indo e voltando de algum lugar fora do quarto.

"Está cheio de formiga aqui, Nando."

"A senhora consegue ver as formigas, vó?"

"Olhando bem de pertinho, eu consigo com uma das vistas. Por que você não joga esses papéis fora?"

"Depois eu jogo, vó."

Silêncio, e depois a velha disse:

"Engraçado essas formigas."

Fernando sorriu:

"Por quê, vó?"

"Elas são tão miudinhas, mas vivem igual a gente. Cada uma com a sua vidinha, mesmo que a gente não esteja vendo."
"É isso aí, vó", ele riu.
"Para que matar as formigas, não é, Nando?"
"É mesmo, vó. Eu não mato."
"A Mercês mata. Vai apertando um monte delas com os dedos. Mas não adianta, porque aparece um montão de outras. Ela fica fula da vida. Porque elas aparecem mais é na cozinha, nos restos de qualquer coisa açucarada."
"Elas também gostam de pasta de dente", Fernando dá uma risada boba. "A senhora não vê no armarinho do banheiro?"
"Vejo sim. Já pensou, Nando, que uma formiguinha também morre de velhice, se ninguém mata ela antes?", foi a vez de a velha senhora começar a rir sem parar, até às lágrimas.
Aquele fumo partilhado numa tarde de domingo, era esse o segredo entre a velha senhora e Fernando.

A velha senhora levantou-se o mais rapidamente que conseguia e, já a caminho do banheiro, com seus passos miúdos, desprendeu a fita adesiva que atava a seu corpo a fralda, e ela logo a trazia nas mãos. Quando sentou-se no vaso, pôde mijar livremente, e, como o intestino mostrou-se solto o bastante, ela sentiu-se duplamente aliviada e vitoriosa.
A velha senhora não queria deixar vestígios de sua passagem pelo banheiro, ainda que fosse uma fralda limpa. Então, em vez de jogá-la na cesta de lixo, junto ao vaso, dirigiu-se a uma pequena área anexa nos fundos da cozinha, onde havia uma portinhola que se abria para a tubulação da lixeira do prédio. Com as mãos trêmulas, ela abriu a portinhola e livrou-se da fralda.
Assim, livre, prestou atenção no bater bem baixo do relógio a pilha sobre a geladeira. Chegando perto dele, pôde ver que

eram mais ou menos três e quinze. Sentiu vontade de tomar um pouco de Coca-Cola, que ela sabia haver na geladeira, mas desistiu diante de possibilidade de ter de mijar outra vez naquela noite. Isso a obrigaria a prevenir-se, colocando no corpo uma fralda, tarefa que conseguia realizar, mas com dificuldade crescente. E pedir a ajuda da filha ou da empregada, àquela hora, nem pensar, ainda que a segunda, cujo quarto se localizava no anexo à cozinha, percebendo a luz acesa e ouvindo os passos inconfundíveis da senhora, falasse lá de seu quartinho: "Precisa de alguma coisa, dona Amália?".

"Não, obrigado, Mercês, já estou indo para o meu quarto."

Em seu caminho de volta, a velha senhora não precisava ter nenhuma pressa, e lá se foi ela, arrastando os chinelos, sentindo uma ligeira e agradável sonolência. O fato de já ter ido ao banheiro a deixava mais segura para dormir o resto da noite e sem fralda. Dormir, quando não havia preocupações daquela ordem, era uma das melhores coisas, se não a melhor, na vida dela, pois o sono, ela se lembrando dos sonhos ou não, a libertava de seu corpo tão gasto e da cegueira avançando e da mente que vivia aderida aos temores da escuridão completa e solitária.

Na mente da velha senhora, pelo tempo que já vivera, se abrigava também uma multidão de lembranças, que ela percorria num átimo, em todas as direções. Entre tantas coisas, atravessou-a, velozmente, uma recordação da adolescência, quando fora ao enterro da bisavó de uma amiga. A sua turminha, insensível — inclusive a menina que era bisneta da falecida —, brincara de observar os que eram muito idosos e curvados, arrastando os pés no chão ao se locomover. Um dos rapazes — ela se lembrava que um amigo seu chamado Renato — comentara que os velhinhos estavam procurando sua cova, e o pessoal da turma teve de se espalhar, alguns até deixando a capela do cemitério, para não explodir na risada lá dentro.

A velha senhora sabia muito bem que, agora, quem arrastava os pés e se curvava para o chão era ela mesma, e que a maioria da turma já havia sido despachada — ela pensou com esse verbo mesmo e foi capaz de sorrir, e até rir de verdade, quando pensou que ela era uma espécie de fantasma vagando pelo apartamento. Talvez aqueles momentos de alguma euforia tivessem a ver com o antidepressivo; eles podiam vir junto com o umedecer dos olhos e a lembrança, como naquele instante, de acontecimentos tão cheios de juventude e vitalidade do passado como a tarde em que a turma toda fora ver um filme com Fred Astaire, que os fizera sentir como se os humanos pudessem flutuar acima do solo, e ao saírem do cinema eles só pensavam em dançar e namorar, e a vida era uma coisa bonita que ainda estava quase toda por vir, e agora já viera, o próprio Fred Astaire já fora devorado pelos vermes. E quando o revia, com dificuldade, em alguns filmes na tevê a cabo, a senhora não conseguia deixar de pensar, com seu humor negro, que Fred Astaire, já velhíssimo, dera um salto ágil e gracioso, com sua cartola, fraque e bengala, do palco para o além.

A velha senhora desejava ardentemente que sua morte viesse súbita e sem dores, antes que a cegueira se tornasse completa. Já examinara, sim, uma ou outra vez, a possibilidade de dar cabo de si mesma — usando os soníferos receitados pelo médico, que poderia ir guardando até ter uma quantidade suficiente —, mas havia algo que ela repelia na ideia, pois significava tomar o seu destino nas mãos e, desde cedo, ouvira falar em punições terríveis, inimagináveis para tal gesto, como sofrer eternamente, fosse lá o corpo ou a alma, no inferno. Não que acreditasse firmemente que aquilo pudesse acontecer, até achava que crueldade tamanha era bem típica do ser humano, mas uma ínfima possibilidade disso que fosse — afinal ter nascido também era surpreendente — era suficiente para dissuadi-la, pelo menos por enquanto.

A velha senhora, de volta a seu quarto, sentou-se na cama. Já ia deitar-se e apagar a luz do abajur quando uma brisa fez a cortina esvoaçar e bateu de leve e suavemente em seu corpo. A velha senhora virou o rosto para a janela e foi então que viu a estrela, bem no centro de sua visão esquerda. Não era nenhuma espécie de milagre, pois o seu tipo de glaucoma cegava a vista, progressivamente, da periferia para o centro e, nesse centro, às vezes até pouco tempo antes que a visão fosse destruída completamente, como já acontecera com o olho direito, uma pessoa que sofria do mal podia enxergar de perto coisas tão pequenas quanto as formigas do apartamento, ou infinitamente distantes, desde que com o brilho e a dimensão aparente de uma estrela no céu.

Mas o avistar daquela estrela, naquela noite, pegara a velha senhora de surpresa; a estrela como que a atraíra misteriosamente. E a velha senhora, com a desenvoltura de movimentos que tinha em seu quarto, logo chegou à janela. Escancarou a cortina e olhou para o céu, naquela direção em que a estrela havia se mostrado, e conseguiu fixá-la novamente, ou alguma outra, naquele campo de visão, mas isso pouco importava.

A velha senhora já não tinha agilidade para conversas, nem as pessoas, com exceção do Nando, estavam interessadas nas suas ideias. Ela parara de ler havia uns vinte anos, mas isso não queria dizer que houvesse esquecido o que aprendera, e as pessoas certamente se surpreenderiam se soubessem do que ainda era capaz o pensamento dela, sozinha consigo mesma, sem necessidade de falar. E a velha senhora conhecia suficiente astronomia para saber que aquela estrela devia ser gigantesca em comparação com a Terra e estava a uma distância de vários anos-luz, uns dez, por exemplo, e a trilhões de quilômetros dela. E, no entanto, uma criatura como ela ainda podia olhá-la, ligar-se à estrela com o restinho de sua visão, estabelecendo uma espécie de comunicação entre ambas, como se a estrela também se ligasse à velha senhora.

A velha senhora sentiu-se tomada por uma euforia súbita — não importava se, outra vez, com o auxílio dos antidepressivos; de todo modo era o seu cérebro funcionando —, pois a magnificência longínqua da estrelinha (ela usava esse diminutivo) tirava a importância da sua pessoa — e era bom sentir-se desimportante quando já se chegara ao estágio a que ela chegara.

A dimensão inacreditável das distâncias e do tempo na noite estrelada, da qual ela só via um pouquinho, fazia do seu próprio tempo uma fração imensuravelmente mínima, ainda que sofrer pudesse tornar os minutos insuportavelmente longos, como ela já experimentara em hospitais, nas unidades de tratamento intensivo, depois de duas cirurgias, uma para retirar o útero, outra no intestino. E como, principalmente, ela pudera testemunhar durante a agonia do marido padecendo de um câncer generalizado. Até que o último suspiro dele, para o qual ela pedira que o médico colaborasse secretamente, foi sentido por todos como um alívio e uma libertação.

A velha senhora achava uma simplificação, quase uma baboseira, o que pregavam as religiões oficiais, prometendo ressurreição às pessoas, como se os corpos tão imperfeitos devessem continuar; como se tivesse graça ela e o marido se reencontrarem do jeito que tinham sido. Mas, diante daquela grandeza da noite, que se prolongava por regiões que o pensamento era incapaz de calcular, quem era ela para afirmar alguma coisa?

Na verdade, a velha senhora pensava que devíamos simplesmente desaparecer, e mais ainda: que, diante da decrepitude e da doença, da dor e dos excrementos soltos de uma pessoa, o nada era um avanço, uma purificação. Mas o nada era também uma vertigem do pensamento, talvez o maior mistério de todos, pois, para concebê-lo, haveria de existir alguém que o fizesse. Mas era também uma deliciosa embriaguez pensar num infinito sem qualquer ser que o refletisse. Não que ela proferisse organizadamente esse discurso, até pelo contrário: havia uma simultaneidade de pensamentos e percepções saltando por cima das palavras e que se unia, sim, a uma vertigem embriagante, a velha senhora apoiando suas mãos sobre o parapeito da janela para continuar sondando e abraçando a escuridão estrelada, o que já cansava bastante a sua vista.

A velha senhora sabia muito bem que em regiões muito mais distantes que aquela onde se encontrava a estrela havia bilhões de outras, em espaços onde estariam ocorrendo explosões nucleares de um poder espantoso, que se alimentavam de si próprias, sem o testemunho de nenhum ser por perto. No entanto, em algum ponto do universo havia pelo menos um ser pensando nisso, que era a velha senhora, ocupando seu lugarzinho ínfimo, como o de uma formiga de apartamento, iluminado pela luz do abajur, e lançando seu pensamento tão precário para aqueles eventos grandiosos e invisíveis, como estrelas emitindo seu brilho portentoso desde há milhões de anos-luz. Aquilo deixava a velha senhora completamente humilde, e entretanto muito orgulhosa de fazer parte daquele todo universal em cujo interior muito em breve se perderia.

A velha senhora não tinha certezas espirituais e admitia hipóteses que nunca, em sua vida, teria possibilidade de decifrar. Então lançou, silenciosa, uma invocação: "Que essas luzes me guiem logo a bom termo, no todo ou no nada".

A velha senhora estava esgotada e não conseguia mais fixar a estrela, que desaparecera de seu campo de visão. Ela então cerrou a cortina e voltou para a cama.

Na madrugada da cidade apaga-se uma luz de abajur.

Invocações
(*memórias e ficção*)

Quantas vezes já não desesperei de mim, diante da impossibilidade de escrever não uma grande obra e sim um simples conto, mas que aplacasse, ainda que por poucos dias, uma ânsia de realização e de beleza? Quantas vezes já não me desesperei diante dessa impossibilidade? Gemi, solitário, dentro de um quarto, abafei gritos, quis bater a cabeça na parede, cheguei a desejar, por causa disso, a morte? E me pergunto: quantos artistas, ou candidatos a serem-no, já não se mataram ao debater-se contra seus limites? Mas quantas outras pessoas de reconhecido talento, ou mesmo de gênio, também já não se mataram por não suportar o tormento e a angústia encravados em seus cérebros? Uma lista tão considerável que nem vale a pena começar a enumerar aqui. Isso para não falar naqueles outros, escritores ou artistas, que terminaram suas vidas em hospícios, ou imersos no alcoolismo, às vezes caídos na sarjeta, como se houvesse uma maldição a abater-se sobre eles. Mas quantos malditos no mundo não tiveram nem o consolo da arte?

Voltando aos que desesperaram delas, a arte ou a literatura, ou mesmo aos que se torturaram apesar de por elas afortunados, quantos já não se colocaram a questão de invocar o Demo para satisfazer os seus anseios? Para além das histórias em que o próprio Demo toma parte, como o *Fausto*, de Goethe; o *Doutor Fausto*, de Thomas Mann; e, mais ambiguamente, o *Grande sertão: veredas*, de Guimarães Rosa, quem poderá garantir que uma ou outra obra de gênio não foi gerada sob inspiração satânica? Isso, ainda que Satã não passe da agregação de certas forças psíquicas. Mas não seria absurdo supor — apenas supor — que Goethe, Mann, ou mesmo o metafísico Rosa, em alguns momentos da escrita de suas grandes obras, tenham bebido nessa fonte obscura da psique, por que não?

Na verdade, nunca deixou de pairar sobre o mundo a grande pergunta: existe o Diabo? Talvez se possa dizer que existirá ele se existir Deus, e como uma contrapartida Dele. Ou não. Mas nem por todo êxito de uma obra invocaria eu Satã. Pois, ainda que houvesse apenas uma possibilidade em milhões de que ele existisse e pudesse apossar-se da alma de alguém em troca de uma grande fortuna artística ou de outra ordem, eu não me arriscaria a invocá-lo. Até porque ficaria muito, muito temeroso se por acaso uma obra começasse a sair-se muito bem e houvesse eu me valido de tal invocação. Mesmo que a obra não passasse de um simples conto, e o contista de um pequeníssimo Fausto.

O que não quer dizer que eu, este contista, quando em desespero, não possa apelar, seja isso inútil ou até ridículo, para outras invocações, como por exemplo minha mãe morta. Sim, minha mãe, porque jamais, no tempo em que convivi com ela, escutei-a admitir uma dúvida que fosse sobre a existência do Deus dos cristãos, ao Qual se converteu, segundo ela por ter recebido Sua graça, e a Quem seguia com devoção e até fanatismo. Não a vi revoltar-se ou desesperar-se nem mesmo diante das verdadeiras torturas físicas pelas quais passou em longas enfermidades, que lhe custaram, entre muitos outros males, uma perna, que foi forçada a amputar. Rezava muito e diariamente, e o fazia também pelos filhos, dando a entender que velaria por eles depois que já não estivesse mais neste mundo. Rezava ainda em intenção da alma de seus parentes mortos e os invocava: seu adorado pai, que no entanto fora ateu e anticlerical; seus irmãos, falecidos todos antes dela; e a preta velha, Lindolfa, a Bó, que, como uma segunda mãe, fora importantíssima na sua criação e na de seus irmãos. A se confirmarem então os ensinamentos de sua fé, minha mãe seria sobrevivente à morte, transformada em alguma outra espécie de ser, e talvez em condições de ouvir o apelo de que, o leitor pode ter certeza, me vali agora mesmo, enquanto rascunhava este texto:

"Mãe, esteja onde estiver, acuda este seu filho e faça-o escrever um conto bonito que transforme a sua solidão e angústia em amor e alegria".

A existência de um ser para além da sua morte é algo em que se pode acreditar ou não — e não posso dizer que creio, pois nada sei —, mas que a ideia e o texto que me vieram imediatamente à cabeça — independentemente do esforço que me custou a sua escrita e de seu modesto valor — sofreram em tudo a interferência da própria invocação e estão com ela intimamente relacionados, disso não há a menor dúvida, como se verá.

Pois surgiu nítida em mim a lembrança do menino que fui, com seus nove, dez anos, na véspera de um Natal, quando um peru ia ser morto no quintal de nossa pequena casa em Botafogo, isso numa época bem anterior à do surgimento das carnes industrializadas. E preferia-se sacrificar a ave em casa, menos de vinte e quatro horas antes do almoço de Natal, a fim de se preparar bem fresca a sua carne. Antes de ser abatido, ficava ali o bicho no quintal, amarrado por uma das pernas num arbusto, quanto menos tempo melhor, pois nós, as crianças, não podíamos nem nos permitir gostar dele, porque condenado à morte por nossos próprios pais. Mas não resistíamos à curiosidade e íamos várias vezes lá, olhar, simultaneamente fascinados e penalizados, aquela ave esdrúxula. A sentença de morte conferia-lhe uma certa solenidade e tragicidade e, em nosso íntimo, não havia como não nos perguntarmos que direito tínhamos sobre a vida dos animais. O que não nos impedia de atormentar o pobre bicho, cutucando-o com um cabo de vassoura e atirando--lhe pedrinhas. Ao mesmo tempo, diante de seu olhar de medo e raiva, fixo em nós, sentíamos pena dele também pelo que nós lhe fazíamos. E fico aqui pensando que milhões de perus são mortos pelo mundo afora na ocasião do Natal, supostamente para comemorar o nascimento do Salvador, e são até criados para isso. E penso, também, que apesar de serem milhões, cada peru é um peru em especial; este, de que aqui se fala, especialíssimo, porque preservado numa memória e num texto cinquenta anos depois de sua morte, quase como um personagem de conto, porém real, pois a vida o habitou por um breve tempo.

Antes de abater-se o peru, enfiava-se cachaça por sua goela adentro até ele ficar completamente embriagado, não sei se para que desse menos trabalho ao ser morto ou talvez para tornar mais saborosa a sua carne.

Nós, as crianças, estávamos proibidas de assistir ao espetáculo cruel, mas naquela véspera de Natal de que trata este conto, tendo chegado a hora do peru, minha mãe foi para o quintal com a cozinheira da casa. Deixados a sós, eu e meu irmão pusemos cadeiras sob a janela basculante do fundo da cozinha, que dava para o local da execução, e assistimos a toda a cena macabra.

Emitindo os ruídos guturais bizarros dos da sua espécie, o peru resistia a ser alcoolizado, mas, seguro firmemente pela cozinheira, esta fazia com que ele abrisse o bico, enquanto minha mãe o obrigava a beber a cachaça contida numa caneca. Depois, quando a cozinheira o largou por instantes, ele, preso ao arbusto, começou a dar voltas curtas sobre si mesmo, cada vez mais tonto, até cair de lado. Então a cozinheira voltou a segurá-lo firme e, já empurrando seu pescoço contra uma bacia para que o sangue não se espalhasse pelo quintal, degolou-o, produzindo aquele ruído áspero, pavoroso, de pele, carne e ossos sendo cortados. E, apesar de decapitado, o peru ainda tremia em convulsões enquanto o seu sangue era recolhido.

*

No dia seguinte, o peru, enquanto ser vivo, já estava completamente esquecido, sem lástima, para tornar-se cheiro tentador de carne assada que se espalhava por toda a casa, e depois gosto delicioso, do qual se desfrutava sem nenhuma culpa. O almoço de Natal da família era sempre realizado em nossa casa, e a ele compareciam os dois irmãos de minha mãe com suas mulheres, sendo que somente um dos casais tinha uma filha. Quanto aos pais de minha mãe, apenas minha avó era viva, e morava conosco. Da família de meu pai raramente vinha alguém, pois moravam, meus avós e três tias, em Catalão, no interior de Goiás. Para chegar a Catalão, naquele tempo, era preciso fazer uma demorada viagem aérea num bimotor DC3 até Araguari, em Minas, seguida de outra demorada etapa terrestre.

Entre os dois tios, aqui no Rio de Janeiro, eu e meu irmão tínhamos uma preferência indisfarçável pelo mais velho, Luiz, nos sentíamos totalmente seduzidos por ele que, não tendo àquela época filhos, era uma espécie de segundo pai, mais liberal e divertido, para nós. Mulherengo, nos contava em segredo suas experiências amorosas, revelando para nós os assuntos do sexo, totalmente vedados em nossa casa. E, o mais importante, detinha a senha mágica que nos abria os bastidores do Fluminense Futebol Clube, pois, além de jornalista esportivo, foi algumas vezes Diretor de Imprensa do clube, o que nos permitia ter acesso, em sua companhia, aos jogadores do time tricolor, uma verdadeira glória para nós. E, se esta é uma história de fantasmas, é de fantasmas tricolores, entre eles o de minha mãe, torcedora fervorosa do Fluminense e que ia muitas vezes ao estádio de Laranjeiras — e, posteriormente, aos jogos do time no Maracanã.

Mas, como um texto que se esconde atrás de outro texto, um fantasma que se oculta sob outro fantasma, eis que, de repente, de regiões mais profundas, surgiu outro morto e passei eu a invocá-lo no lugar de minha mãe, não apenas para que me guiasse neste texto como para que figurasse nele como seu personagem principal, com quem tomarei diversas liberdades da ficção, sem deixar de ser fiel à sua pessoa.

Esse fantasma, de um morto mítico, que pairava como o grande ausente de nossas festas de Natal, é o de um outro tio materno, que não cheguei a conhecer, pois somente minha irmã, dos filhos de meus pais, era nascida, e tinha um ano de idade quando ele morreu de tuberculose, em 1939, aos vinte e seis anos. Seu nome era Carlos, e a família verdadeiramente cultuava sua memória. Além de médico, esportista de várias modalidades (seu apelido era Secura, por ser "seco" por esporte), criador de passarinhos, excursionista de montanha, fotógrafo, dotado de uma bela voz, segundo se dizia, e tocador de violão, fora goleiro amador do Fluminense, já no início do profissionalismo no futebol carioca. Na mesma pasta em que vou guardando os rascunhos deste texto há uma foto dele com o time tricolor que disputou e venceu o campeonato carioca da segunda divisão, reservada a amadores, em 1932, enquanto na primeira divisão jogavam os profissionais do clube. Uma outra foto que havia em nossa casa e que me causava fortíssima impressão, mostrava-o com uma cobra não venenosa enrolada no braço. Era seu "bicho de estimação", criado num viveiro de fundo de quintal e, às vezes, ele saía com ela no bolso para de repente mostrá-la na rua ou no bonde, a fim de assustar as pessoas. Sua coragem e sangue-frio, segundo minha mãe, levavam-no a fazer defesas arriscadíssimas, caindo aos pés de atacantes adversários, e era comum que chegasse em casa todo esfolado e cheio de mercurocromo na pele.

Esse tio, sempre o amei, até idolatrei, sem conhecê-lo. Então acho natural que, ao invocar minha mãe morta, tenha chegado até ele, ou mesmo a *recebê-lo*, e é aí que começo a entrar no território da ficção, da fantasia. Sim, porque tive a exata sensação de estar com ele em certas situações, como entre as traves de um gol, num jogo do Fluminense, no estádio do tricolor em Laranjeiras, digamos que contra o Botafogo. Ele joga na partida preliminar, no início da tarde, entre os times da segunda divisão dos dois clubes e, num momento em que a bola é lançada pelo ponta-direita botafoguense sobre a área tricolor, Carlos sai do gol, com segurança e elegância, para saltar e agarrar a bola sobre a cabeça de todos. É um lance comum de partida, mas revivo-o num clima onírico, quase fazendo a defesa junto com o tio, ouvindo o barulho da bola cortando o vento, o estádio em silêncio, como num sonho. Logo a seguir, num outro ataque do Botafogo, no finalzinho do jogo, que o Fluminense está ganhando por 1 a 0, a bola é chutada no ângulo pelo centroavante alvinegro e Carlos, numa ponte espetacular, joga-a para escanteio, agora sob gritos e aplausos intensos da torcida. Dessa vez não ousei ser mais do que espectador, mas postado logo ali, atrás do gol, ouvindo o barulho, o impacto da bola sendo chutada e depois defendida.

Esse barulho de uma bola sendo chutada ou defendida, ou

batendo numa trave ou se aninhando no fundo de uma rede, ouvi-o muitas vezes, de verdade, com emoção, durante a adolescência, acompanhando o Fluminense em jogos de juvenis, aspirantes e profissionais, em campos pequenos do Rio, onde um torcedor podia se colocar bem atrás de um gol, separado dele apenas por um alambrado. Mas é principalmente de treinos do Fluminense em Laranjeiras, aos quais eu ia com meu tio Luiz, quando menino e adolescente, que o som da bola retorna aos meus ouvidos.

Pulando os canos grossos de ferro que separavam, naquele tempo, o campo da arquibancada ou da tribuna social, no Fluminense eu ia me sentar, com meu irmão e outros meninos, atrás da meta defendida por outro Carlos, o grande Carlos Castilho, goleiro do Fluminense e da seleção brasileira. Atuando entre os reservas, contra o ataque titular, para ser mais exigido, Castilho, num simples treino, mostrava toda a sua categoria, ora fazendo defesas difíceis ou mesmo dificílimas, ora apenas mostrando o seu grande senso de colocação, tudo o que se confirmava nas partidas oficiais, tendo ele recebido da torcida o apelido de São Castilho. E jamais me esquecerei de uma falta cobrada, com barreira, pelo fenomenal meia-armador Didi, naquele tempo também tricolor, fazendo a bola subir e depois descair, na sua famosa folha seca; bola que Castilho foi buscar no ângulo direito, espalmando-a para escanteio. Para melhor treinar os jogadores, o técnico Zezé Moreira mandou repetir a cobrança, e Didi, dessa vez, meteu a bola no ângulo esquerdo, mas Castilho defendeu-a do mesmo jeito. O técnico ordenou nova cobrança e Didi, marotamente, chutou a bola rasteirinha junto à barreira, o que quase nunca fazia, e Castilho foi pego de surpresa e ficou parado, vendo a bola entrar no canto direito. E os dois craques riram e se abraçaram.

Se perguntassem ao menino que eu era dos dez aos catorze anos quem eu mais admirava no mundo, acredito que responderia sem hesitação que o Castilho. Achava-o, inclusive, bonito, contrariando a opinião de minha mãe. E, observando-o nos treinos e jogos, quantas vezes não imaginei meu tio Carlos jogando ali naquele mesmo espaço, em Laranjeiras? Carlos Castilho se suicidou em 2 de fevereiro de 1987, aos cinquenta e nove anos. Devastado por uma depressão, às vésperas de voltar para a Arábia Saudita, onde era treinador de um clube, pulou da sacada do apartamento da ex-mulher, Vilma, de quem era muito amigo. Segundo ela, e conforme publicado na revista *Placar* de 16 de fevereiro de 1987, ele ficou andando de um lado para outro no apartamento e esteve na sacada, olhando fixo para baixo; ela o chamou para dentro, ele veio, ela lhe deu um comprimido de Lexotan, mas, de repente, em passos decididos, ele voltou para a sacada e se jogou.

Senti a morte de Castilho quase como se fosse de uma pessoa da família e, como outros, não pude deixar de associar, numa coincidência macabra, seu mergulho no espaço aos seus saltos para grandes defesas. De acordo com as leis cruéis e inflexíveis da religião católica, os suicidas perdem suas almas, são condenados para sempre ao inferno. Existiriam, então, demônios, e, para os mais desesperados, que são os suicidas, mais desespero, total e definitivo. Como amar um Deus assim, que condenaria ao suplício eterno algumas de suas criaturas? Então passo por cima dessa prescrição sinistra e invoco aqui também o Castilho, para que me ilumine neste texto, e que ele seja também uma espécie de oração em sua homenagem. Para que, caso subsistam as almas para além da vida, a sua esteja acolhida na paz e na felicidade eternas.

*

Voltando à ficção e ao jogo entre os amadores de Fluminense e Botafogo na década de 30, o time tricolor sai de campo aplaudido por seus torcedores, que já estão no estádio em grande número, para assistir à partida entre os times principais dos dois clubes. Carlos Secura recebe mais aplausos do que os companheiros, por sua grande defesa no final do jogo. Antes de entrar no vestiário, acena para os que o festejam na tribuna social do Fluminense e, ao elevar os olhos, eles se encontram com os de uma moça muito bonita, magra, vestida com a alegre elegância com que as mulheres compareciam ao futebol naquela época. Uma atração à primeira vista é sentida por ele e, quanto a ela, já o vinha acompanhando com o coração a palpitar, nos jogos do Fluminense na segunda divisão. Informara-se de tudo a respeito de Carlos e, ao ser correspondida por ele com os olhos, estando ali no meio de muitas outras jovens, sente como se uma força do destino os lançasse um na direção do outro.

Um pouco mais tarde Carlos se encontra, na tribuna social, com sua irmã Maria, que veio a ser minha mãe, e, mostrando a ela a tal moça à distância, pergunta-lhe quem é ela.

"Ah, é a Maria do Carmo, que também mora em Botafogo, perto da gente, na David Campista. O pessoal a chama de do Carmo e eu a conheço ligeiramente. Acho que tem dezoito anos. Se você quiser, faço as apresentações."

Quando são apresentados, depois do jogo principal, com o estádio e a sede do clube se esvaziando, Carlos e do Carmo não apenas se olham profundamente nos olhos, como deixam as mãos direitas apertadas uma na do outro, um pouquinho mais demoradamente que o costumeiro nas apresentações formais, num sinal secreto de cumplicidade e já de amor, antes mesmo de se conhecerem de verdade. E Carlos não cabe em si de contentamento quando a moça, antes de voltar para perto dos pais, com quem fora ao jogo, o convida para ir, junto com a irmã, a uma reuniãozinha dançante em sua casa, no sábado seguinte. E sabendo muito bem, como todos sabem no clube, que Carlos canta e toca violão, acrescenta:

"Se você levar o violão ficarei muito contente".

Carlos era mais cantor do que compositor, mas, inspirado pela paixão à primeira vista, compõe uma modinha. Antes de cantá-la, no sábado, em casa de Maria do Carmo, faz questão de dizer em particular à moça que a música lhe é dedicada. Como se eu recebesse uma misteriosa mensagem do passado, me veio à mente a seguinte letra de canção:

Por ti mocinha
suspiro tanto
ao te ver passar
na rua linda
com o teu encanto
na brisa mansa
que solta a flor
do jasmineiro
que eu pego e prendo
nos teus cabelos
para que ao dormires
minha canção escutes
num belo sonho

Naquela mesma noite, depois de terem dançado algumas vezes um com o outro e de conversar bastante, Carlos e Maria do Carmo iniciaram um namoro, logo aprovado pelos pais da moça, que ficaram sabendo das intenções sérias do rapaz, que, apesar de tocador de violão e jogador de futebol, era amador em ambas as coisas (os músicos e atletas profissionais não eram bem-vistos pelas famílias) e, aos dezenove anos, cursava o terceiro dos cinco anos da Faculdade de Medicina.

Carlos e Maria do Carmo se encontraram durante mais ou menos oito meses, cumprindo um desses rituais respeitosos da época, em que um rapaz visitava a namorada em casa dela, nunca na ausência de seus pais, e, quando saíam juntos, para ir a alguma festa ou ao cinema, eram sempre acompanhados por alguém da família da moça, em geral um irmão ou irmã. Os carinhos trocados pelo par não passavam, costumeiramente, do darem-se as mãos, ou de o rapaz pôr a mão no ombro da moça. Apenas depois de algum tempo, às vezes só quando já estavam noivos, os dois trocavam os primeiros beijos e carícias mais sensuais, o que não quer dizer que um ou outro casal mais afoito não ultrapassasse, escondido, esses limites.

Porém, Carlos e Maria do Carmo nunca chegaram a ficar noivos. Passados aqueles oito meses, ele começou a tossir muito e a ter uma febre baixa e persistente. Não demorou a descobrir que estava tuberculoso. Imediatamente disse à do Carmo que só poderia voltar a namorá-la quando se curasse de todo, mas que não era justo que ela ficasse à espera dele e que, portanto, estava livre para encontrar outro pretendente. Ela chorou muito e disse que preferia ficar também tuberculosa a perdê-lo, mas ele se mostrou irredutível e fez questão de explicar pessoalmente as razões do rompimento aos pais da moça, que, evidentemente, embora prezassem Carlos ainda mais por sua atitude, aprovaram sua decisão.

E aqui não custa lembrar que toda a história da tuberculose de Carlos foi real, embora eu tenha me servido da imaginação quanto ao seu relacionamento amoroso. E ambas as coisas deverão ser levadas em conta pelo leitor no que se segue.

Carlos passou dois anos num sanatório em Campos do Jordão, submetendo-se a um tratamento custeado por amigos da família, pois sua mãe, minha avó, já havia ficado viúva, vivendo de modesta pensão. Do Carmo muito provavelmente o teria esperado para casar, não houvesse ele escrito uma carta a ela em que comunicava estar vivendo uma relação amorosa no sanatório com uma mulher mais velha do que ele, o que os aproximava muito, inclusive no que dizia respeito ao risco de vida. Verdade ou mentira? De todo modo, era bastante possível que, se ele estivesse vivendo de fato um caso amoroso, o mantivesse, e intencionalmente o superestimasse, por ter uma doença de cura demorada e problemática, naquela época, e querer liberar a namorada de compromissos, no Rio. Maria do Carmo então acabou namorando e ficando noiva de outro homem, já maduro, com quem se casou mais ou menos na época da volta de Carlos à capital. Mas sabe-se lá se, no íntimo, embora magoada, ainda não guardava algum sentimento por seu namorado anterior. Quanto a Carlos, que não se casou, a probabilidade era que do Carmo fora o grande amor de sua vida.

Retornando de Campos do Jordão — e isto é verdade —, Carlos conseguiu se formar, voltou a praticar esportes, embora moderadamente, e começou a exercer a medicina. Também continuou a tocar violão e a cantar, mas cerca de três anos e pouco depois de sua volta, teve uma recidiva grave da tuberculose e nunca se recuperou, tendo morrido em 1939, sem namorada.

Se Carlos não houvesse ficado novamente doente, com certeza teria se casado, assim que se sentisse seguro quanto à sua saúde, com alguma jovem como Maria do Carmo, tão logo se firmasse em sua profissão, como era a praxe, e creio que, sendo ele como era, teria levado com sua mulher uma existência feliz. E que também a vida de toda a família, incluindo nós, seus sobrinhos, teria sido muito mais alegre com a presença dele. Mas, curiosamente, penso que eu sentiria talvez ciúme, inveja, de um dos meus primos, filho seu, que, não sei por quê, vejo como um craque de futebol do Fluminense no final da década de cinquenta, princípio da de sessenta, não como goleiro, e sim como centromédio de grande categoria, desses que não só sabem desarmar os adversários como passam a bola com perfeição, no que formaria uma dupla inigualável com Didi, apesar de mais jovem do que este — nas seleções brasileiras de 58 e 62, quando Didi já era do Botafogo.

*

Neste texto de invocações falta-me invocar uma outra morta que, caso as pessoas sobrevivam à morte, de alguma forma, deverá ser dotada — assim me vem sempre ao pensamento — de grande poder. Então peço a ela, como pedi aos outros três falecidos, a seus espíritos — os de minha mãe, tio Carlos e Castilho —, que não só me auxilie na escrita deste conto, crucial para mim, como proteja o ser humano que sou, e não apenas o escritor.

Trata-se da negra Bó, citada no princípio do conto, filha de escravo, agregada à casa de meus avós maternos, cujos filhos ajudou a criar, para não dizer que os criou, sendo que ela própria nunca se casou. Minha mãe sempre falava nela com extremo carinho e respeito. E, no momento mesmo de escrever sobre Bó, tenho diante de mim uma foto sua, em que aparece trajada de preto, com um vestido comprido, de colarinho branco, de pé, com minha mãe, nenenzinho, no colo. A severidade de seus trajes não esconde que era muito jovem e bonita.

Querendo clarear minha memória a respeito do que minha mãe contava sobre ela, pedi que minha irmã, Sônia, quatro anos mais velha do que eu, e portanto mais próxima do passado de que aqui se trata, além de ter recebido mais confidências maternas, que me passasse as informações de que dispunha sobre a Bó. Em texto objetivo, enviado num e-mail, ela escreveu para mim, entre outras coisas, o seguinte:

"*Quando os filhos de vovó nasciam (parto em casa) eram imediatamente entregues à Bó, que foi a verdadeira mãe deles, que* dormia com eles, dava banho, cuidava da alimentação, protegia aqueles que vovó perseguia, tratava nas doenças. Tinha mais autoridade sobre eles do que a mãe, que gritava, berrava, xingava, mas não era respeitada.

A mentalidade era ainda escravista em muita coisa. Lembre--se de que vovó ainda viveu a escravidão, vovô também, só que muito pequeno (ele era oito anos mais moço do que vovó), que a abolição só aconteceu em 1888, havia ainda uma certa quantidade de ex-escravos e a maioria dos serviçais era de filhos de escravos, ou até ex-escravos.

Mamãe dizia que a Bó era um tipo um tanto cafuzo e devia ter sangue índio misturado ao negro. Ninguém sabia ao certo a idade dela, nem sua origem. Não possuía nenhum registro ou sobrenome; vovó e vovô chamavam-na pelo nome, Lindolfa. Bó foi o apelido dado pelas crianças. Ela foi para a casa de vovó Maricota, mãe de vovó Dolores, aos treze anos de idade, como ela mesma dizia. Quando vovó casou, foi junto. Devia ser, portanto, uns dezesseis anos mais velha do que o primogênito da casa, tio Luiz (nascido em 1909), provavelmente mais, nascida ainda no século dezenove, com certeza livre, pela idade. A Bó, contava mamãe, dormia num quartinho ao lado da cozinha, sobre uma esteira. Trabalhava todos os dias da semana sem horário, esperava todos chegarem da rua para servir-lhes alguma coisa antes de dormirem. Era também quem ouvia todas as confidências e em quem os irmãos confiavam mais do que na mãe. Na casa de vovó Ritinha, mãe de vovô Valdemar, morava uma ex-escrava, Fortunata, que fora ama de leite de vovô e está enterrada no túmulo de vovó Ritinha. Fortunata gozava mamãe, que adorava ópera, dizendo que ela, Fortunata, havia assistido ao Caruso com vovó Ritinha, e mamãe não. Eram um misto de criadas, amigas do peito e animais de estimação. A Bó era adorada, respeitada, mas — ouvi mamãe dizer isso muitas vezes — 'conhecia o seu lugar'."

Voltando a falar por mim, o contista, entre as recordações mais antigas de minha infância estão duas ou três visitas que minha mãe fez à Bó, levando-me junto com ela, na casa de minha avó Dolores. Lembro-me que Bó tinha uma ferida muito feia numa das pernas, que me assustou muito, causada não sei por qual doença, que a levou à morte. Recordo-me também que Bó me tratou com um carinho e uma doçura de que nunca mais me esqueci. Isso, somado a tudo o que eu soube sobre ela, fez com que, em muitos momentos de minha vida em que tentei valer-me dos mortos (sim, confesso que o fiz muitas vezes, embora com resultados muito duvidosos), dirigi meu pensamento até ela como uma mãe preta muito querida e protetora, de quem me valho novamente agora, neste momento de forte ligação com o passado, em que procuro o aconchego em mortos queridos dentro de mim e também escrever sobre isso.

Quando minha mãe morreu, meu pai me disse, na capela do cemitério São João Batista, em que se velava o corpo: "Sua mãe agora deve estar feliz, junto de todo mundo de quem gostava".

Meu pai falava como se não houvesse nenhuma dúvida a respeito desse reencontro com, entre outros, mas ocupando um lugar especialíssimo no coração de minha mãe, Carlos e Bó.

No entanto o próprio Carlos, como os homens todos de sua família, não tinha religião. Mas aceitou receber, só por cortesia, no leito de morte, um padre que alguém lhe enviou, segundo minha irmã, no mesmo e-mail citado. Contou ela também que o nosso tio estava tão magro no final da vida que, para que tomasse banho sem machucar os ossos, a Bó forrava a banheira com lençóis dobrados.

O amor entre os dois devia ser muito grande e, possam eles ou não ter-se reencontrado depois da vida, nada mais natural do que eu reuni-los no final deste texto de invocações.

Carlos está em seu leito de agonizante, na casa da família (naquela época era comum morrer-se em casa), no entardecer de uma segunda-feira. Delirando, ele se mexe muito na cama. À sua cabeceira apenas a Bó, pois os dois irmãos de Carlos estão trabalhando; sua mãe descansa e a irmã (minha mãe), casada, cuida da única filha na época, Sônia.

Carlos abre e fecha os braços continuamente, pois se vê, naquele momento, como Carlos Secura, defendendo o time principal do Fluminense contra o Flamengo, no estádio de Laranjeiras, no campeonato daquele ano de sua morte, 1939. Por um motivo qualquer, fruto do delírio de Carlos, o goleiro titular, Batatais, não pôde jogar e ele foi chamado. O Fluminense está vencendo o jogo por 2 a 1 e o time rubro-negro pressiona em busca do empate. Seu ponta-esquerda, Jarbas, dribla o zagueiro direito do Flu, Moisés, chega à linha de fundo e centra rasteiro e forte para o miolo da área, onde se encontram dois atacantes flamenguistas, Valido e Caxambu, contra dois defensores do Fluminense, Bioró e Brant. A bola vem na direção de Valido, que se antecipa a Bioró, Carlos sai do gol e se atira aos pés do atacante, mas este, muito rápido, chega antes no lance e chuta forte no canto esquerdo para marcar o segundo gol do Flamengo.

Carlos sua muito e diz para Bó:

"Eles empataram, Bó, eles empataram. Eu deixei a bola passar".

Bó passa um pano no rosto de Carlos e diz:

"Calma, Carlos. Você está em casa. Eu sou a Bó e estou aqui com você. Você não deixou passar bola nenhuma. O jogo foi ontem e você ouviu no rádio. Foi dois a dois mesmo".

Carlos olha para Bó agradecido, sorri e lhe estende a mão para ela segurar. Carlos se sente aliviado porque não deixou entrar bola nenhuma, tudo não passou de uma alucinação. É o final da tarde e Carlos, agora lúcido, ouve o canto das cigarras naquela rua onde ele mora, em Botafogo, Capitão Salomão; escuta o piar dos passarinhos que se recolhem às árvores para dormir. Carlos não precisa estar à janela para perceber o crepúsculo de outono que atravessa a vidraça e que ele conhece de cor em sua rua: a luminosidade rosa e azul que toma conta do céu, o sol se pondo atrás dos morros do Corcovado e Dona Marta, a estátua do Cristo Redentor que é acesa, algumas pessoas voltando do trabalho, as crianças brincando nos portões de suas casas, sob a vigilância de mães e babás. Carlos ouve os risos e gritos infantis e sorri. Julga ouvir, mais ao longe, a cantiga entoada por outras crianças: "Teresinha de Jesus, de uma queda foi ao chão; acudiram três cavaleiros, todos três, chapéu na mão...".

À mente de Carlos vem agora a rua David Campista e ele se imagina com Maria do Carmo, na varanda da casa dela. Estão sentados numa cadeira de ferro de dois lugares, com uma almofada, e que balança ligeiramente. E Carlos se vê com o braço direito no ombro da namorada, que apoia a cabeça no ombro dele.

Carlos volta a delirar e se sente não mais como namorado e sim como marido de do Carmo. Sim, porque, de repente, embora ela esteja ausente dessa nova cena, ele se vê dentro de um quarto com uma cama de casal, tendo ao lado um berço com um menino. É um desses berços que balançam, e Carlos, em seu delírio, estende o braço para movê-lo, embalando a criança de mais ou menos um ano e meio. Carlos começa a entoar uma cantiga que inventa naquela hora, nasce pronta na sua cabeça. Mas, ao mesmo tempo em que canta para embalar o filho, Carlos se sente, ele mesmo, a criança frágil embalada pelo pai, ao som daquela cantiga que Bó ouve, emocionada, contendo as lágrimas — vinda daquela voz tão fraca, mas tão bonita, de um moço que ela ama como a um filho:

Dorme, criança minha
no berço azul
que teu pai balança.
A noite chega,
o passarinho dorme
e a lua ri
só de te ver
chupando um dedo
e te traz num sonho
um cavalinho branco
que leva a ti
ao tudo lindo
numa terra ao longe.

Os olhos de Carlos se fecham e ele parece muito apaziguado, adormecendo. Poucos dias depois irá morrer.

A barca na noite

Há coisas que não parecem estar acontecendo com você, como estar internado na clínica psiquiátrica após uma tentativa para valer de suicídio, pela ingestão de dezenas de soníferos e tranquilizantes, depois de haver calafetado com tiras de jornais as portas da cozinha e aberto o gás do forno do fogão junto ao qual você se deitou para morrer, cedendo finalmente a uma angústia mortal e impiedosa que, nos últimos três meses, não lhe deu trégua. Uma angústia cujo desenrolar não será aqui descrito, porque você simplesmente não tem forças para fazê-lo, e basta dizer que, a partir de alguns problemas de saúde, nos olhos e nas artérias das pernas, você foi sendo conduzido, progressivamente, a regiões apavorantes da mente que logo já se alimentavam de si próprias.

Mas você cometeu um erro de cálculo: fez aquilo numa tarde de sábado, quando deveria prever que sua namorada — que talvez nem assumisse mais essa condição — telefonaria para a sua casa querendo saber como você passava, depois de um almoço em casa dela durante o qual você traiu, por vários sinais (na agitação estéril de quem não conseguia conter-se no próprio corpo, andando de um lado para outro; no olhar e conversação ausentes, você perdido em seus próprios labirintos), que algo se desconectava entre você e o mundo normal dos vivos.

Como o telefone não fora atendido, ela, que mora a um quarteirão de distância de você e tinha uma chave do seu apartamento, veio depressa e, encontrando-o caído, providenciou socorro pelo telefone. E, depois de hospitalizado por quatro dias em estado de coma, você foi *salvo*.

No entanto, nem de longe o seu gesto era um pedido de atenção ou de socorro. Ao contrário, você sabia que, caso tentasse o suicídio, não deveria falhar de modo algum, por todas as consequências psicológicas, econômicas e afetivas do gesto, que incluiriam depressão redobrada pelo seu malogro exposto publicamente e você mesmo pagar, ridiculamente, uma quantia exorbitante a hospitais e clínicas por um salvamento que não pediu. E importariam na perda para sempre dessa mulher que, apesar das provas duras a que você a submeteu, você ama tanto. Mas não a perderia, de todo modo, na morte? Sim, mas seria diferente, porque na morte se perde tudo, e você teria interrompido o tempo no momento exato que escolheu, quando, apesar da imensa crise que se abateu sobre você, vocês ainda estavam próximos um do outro. E, agora que você continua vivo, só pode sentir a imensa falta dela.

As consequências do seu salvamento incluiriam — e incluíram —, principalmente, você se haver com os filhos: com o seu amor ferido, sua mágoa, sua justa raiva e o temor permanente de que você possa tentar se matar de novo. Incluiriam, ainda, é claro, você se haver com o seu próprio amor pelos filhos e a vergonha e a culpa pelo seu gesto brutal que os haveria traído, não fosse o ato executado num momento em que não havia nenhuma outra alternativa a não ser obedecer ao cérebro que ordenava sua autoextinção.

Só que você estava tão desesperado e aflito para aniquilar sua dor que não teve a paciência de esperar a noite, quando poderia avisar à namorada que iria dormir sozinho em casa e, lá pelas onze horas, dar um telefonema de boa-noite e então despachar-se para sempre. E quando ela tentasse localizá-lo, na manhã de domingo, dessa vez iria deparar com um cadáver. Sim, era a um horror que você a estaria submetendo e aos outros, mas tudo, pelo menos, aconteceria de uma só vez, ao passo que, com você sobrevivendo, o seu ato fica suspenso no ar, sujeito a discussões e acusações, como se houvesse uma imoralidade no que fez, quando, na verdade, você foi minado, atacado por dentro, e só quem já viveu experiência semelhante pode avaliá-la.

Sim, você falhou em seu ato extremo e, embora tivesse passado quatro dias na inconsciência absoluta, não pode dizer que esteve realmente do outro lado; nem dizer que existe esse outro lado; mas é certo que, quando você se deu conta de que estava vivo e prisioneiro na clínica psiquiátrica, experimentou uma raiva imensa, a par de uma intensa nostalgia da morte, uma saudade do fim de tudo.

Mas você falhou — repete — e agora está aqui na enfermaria da clínica, não podendo manter em seu poder nem mesmo um cinto, ou cordão, ou tesourinha, ou lâmina de barbear. Você está aqui vencido e envergonhado, para sempre estigmatizado como membro da confraria macabra, mas que fracassou em sua prova. E, sobretudo, você sente a perda da mulher que tanta influência teve no seu destino e que, se não deixou de ser sua amiga, não mais quis ser a mulher de um homem com *a doença da morte*. E a única coisa que você pode fazer para elevar-se um mínimo que seja, na situação em que se encontra, é escrever um conto. Então você invoca as forças que talvez possam ativar-se no meio da sua grande fragilidade para que lhe concedam esse pequeno conto de um sobrevivente.

*

No seu conto há um homem que corre por uma praça semideserta que vai dar na estação das barcas que fazem a travessia da baía entre duas cidades. Desesperadamente, esse homem, que você vê como você mesmo, tenta não perder a barca de uma hora da manhã, pois pressente que, perdendo-a, perderá também o passo certo do seu destino.

Mas uns cinquenta metros antes de atingir o embarcadouro, você escuta já o terceiro e último apito da barca, solene na noite, e, ao chegar ao cais, a embarcação zarpou poucos segundos antes. Você fica tão aturdido que chega a pensar em dar o salto impossível, de uns vinte metros, que o lançaria no interior da barca. Mas, impotente, só lhe resta apoiar-se na amurada de pedra do cais, e olhar.

E a cena que você vê em seu conto faz seu coração saltar da boca. Na barca quase vazia, debruçado na amurada do convés de popa, vestindo sobretudos leves, como desses de cinema, há um casal que olha em sua direção como se o desafiasse, o homem passando o braço em torno dos ombros da mulher, que se aconchega toda a ele. E você não pode deixar de reconhecer nela — apesar da distância que aumenta progressivamente da barca para o cais — a sua amada de até há bem pouco tempo, a que lhe salvou a vida, com seus cabelos claros e compridos, sua pele muito branca, seu corpo magro e, principalmente, uma característica que só agora você percebe nela, como se fosse num sonho ou num filme: sua maneira de deixar-se enlaçar quando é beijada, como neste momento, fazendo o corpo escorregar um pouquinho sob o do amante, como se bailassem um pedacinho de um tango.

Mas o que faz seu coração bater ainda mais forte é perceber que esse homem que recebe a acolhida da dama é ninguém menos do que você mesmo, no conto que escreve para si próprio, nesse momento em que o seu destino partiu-se em dois: num deles, você é o homem que ficou no cais, abandonado, ou na enfermaria da clínica; no outro é aquele que seguiu em frente na escuridão aconchegante, e você o representa como quiser. Representa-o, junto com a mulher querida, na popa da embarcação, cruzando a baía estrelada entre duas cidades cheias de luzes, afastando-se para cada vez mais longe na noite do oceano, mas para sempre aqui fixados, neste conto com sua beleza discreta, em seu eterno abraço de dançarinos de tango, como numa caixinha de música na qual o leitor dá corda e a musiquinha e a dança recomeçam.

II. O Gorila

PARTE 1

Alguns telefonemas

Voz suave, frágil, melodiosa, de mulher:
"Quem fala aqui é Cíntia. No momento não posso atender. Por favor deixe o seu recado que ligarei assim que puder. Obrigada".

Mensagem transmitida em dois tempos:
— Ouça bem o que vou deixar gravado, Cíntia, para que germine dentro de você. Um dia ainda vou arrancar sua calcinha com os dentes, ho, ho, ho. O Gorila tem dentes afiados, de aço. Mas isso não quer dizer que ele seja um bruto, pois sua língua é aveludada como sua voz e faz vibrar as cordas mais íntimas de uma mulher sensível, feito um virtuose com seu piano. Como esse piano que você ouve ao fundo, Cíntia. É um prelúdio. De Debussy. Um tarado estúpido não poria para tocar um prelúdio de Debussy, poria? Pense bem nisso que logo voltarei a ligar, Cíntia. O Gorila sempre cumpre o que promete, ho, ho, ho.

— Alô...
— Desculpe-me incomodá-la, senhorita. Ou será senhora? Nesse caso, gostaria de saber se a senhora ou o seu esposo assinam alguma revista.
— O quê? Esposo? Será que ouvi direito? Desde os tempos de minha avó que eu não ouvia essa palavra. Esposo, ha, ha, ha. Essa é muito boa.
— O manual da empresa nos obriga a certas formalidades, senhora. Ou melhor, senhorita. Percebi, por sua justa indignação, que não é casada. Mas talvez tenha sido, quem sabe?
— Agora você acertou em cheio, cara. Só no papel, duas vezes. Qual é o tratamento que a porra da tua empresa dá às divorciadas? Madame, igual às putas velhas que se tornam cafetinas?
— Se me permitir, posso tratá-la de você. Qual é mesmo a sua graça?
— Ah, não, essa foi demais. Mas tudo bem, vou dizer a minha graça. Rosalinda, que tal? Por que todo vendedor tem de falar ridículo?
— Ridiculamente, para ser mais exato. Mas não sou um vendedor. Sou um agenciador de assinaturas, Rosalinda. Mas se está pensando que me magoou, engana-se. No meu *métier* a gente tem de ser compreensivo. Talvez você esteja usando um pseudônimo, mas gostei. Rosalinda! É muito sugestivo, se pensamos no real significado das palavras. O seu nome, além de romântico, é semântico. Me diga uma coisa, Rosalinda, você está tomando algum drinque?
— Meu Deus do céu, você liga para a minha casa e ainda se mete na minha vida. De onde é que tirou essa ideia?
— Do tilintar do gelo no copo e da sua espontaneidade, Rosalinda.
— Está certo, estou bebendo, e daí?
— É meio cedo, mas tudo bem. Penso até que você se en-

caixa no perfil de nossas leitoras. *Lazer e Cultura* tem, entre o seu público-alvo, as mulheres modernas, independentes, que tomam seu drinque na *happy hour*. Mulheres que sabem aproveitar a vida, em suma.

— Cara, eu vou te denunciar à tua revista por desrespeito aos consumidores.

— Vou lhe confessar uma coisa, Rosalinda. *Lazer e Cultura* não existe. Sou o Gorila, ho, ho, ho. Talvez já tenha ouvido falar de mim.

— Ah, eu devia ter adivinhado desde o princípio. Como eu sou burra, meu Deus. Você é um desses imbecis que dão telefonemas indecorosos para as mulheres. Sabe que isso pode dar cadeia? Pelo menos nos Estados Unidos, o assédio...

— Espera aí, Rosalinda, se alguém usou palavras indecorosas até agora foi você. A linguagem do Gorila é outra, ho, ho, ho.

— Vou contar uma coisa pra você, Gorila, eu me considero uma mulher amorosa, até meio fácil, mas jamais daria para alguém com esse apelido. Gorila, *ho, ho, ho*. Dizem que a aids veio dos macacos, você sabia, Gorila? Aliás, eu, se fosse você, mudava esse apelido. Está achando que é muito macho? Por que *Gorila*?

— Não é difícil adivinhar, Rosalinda. Por causa de minha voz de baixo, minha risada cavernosa e meu peito cabeludo, ho, ho, ho. Não considero nem um apelido, Rosinha. É meu verdadeiro ser. Sou todo sexo e amor viril. Um dia você ainda haverá de experimentar, ho, ho, ho.

— Meu Deus do céu. (*Choramingando.*) Que degradação. Até que ponto eu desci. Bebendo às seis da tarde e dando trela a um sujeito que se chama de Gorila.

— O Gorila tem um bom remédio para a sua desolação, Rosalinda. Já pensou, você em meus braços, com a cabecinha perdida em meus pelos? Vou despetalá-la inteira, Rosalinda. Mas

hoje não. Desculpe-me, você está alcoolizada demais. Quero você bem lúcida, se entregando a mim com consciência. Obviamente não posso lhe dar meu número, por questões de segurança. Mas volto a lhe telefonar quando você estiver mais sóbria, provavelmente na parte da manhã, ho, ho, ho. Você faz o gênero das freguesas do Gorila.
— Olha aqui, seu macaco. Vai pra... Desligou, o desgraçado.

*

— Como vai você, Luci?
— Gorila! Nem acredito. Há quanto tempo!
— Quem é vivo sempre aparece.
— Eu estava com saudades.
— Eu também, Luci. Você é uma das poucas que conversam comigo numa boa. Sabe?, tem horas em que me sinto um solitário incompreendido.
— Não acredito. Com uma voz e um nome desses, você deve ser um homenzarrão. Podia ser até locutor de rádio.
— Puxa, Luci, você não sabe como isso me comove.
— Eu já disse, é só você marcar um encontro que eu vou.
— Ué, o pastor não tinha aconselhado você a não falar comigo?
Risinhos dela:
— A alma é fraca, Gorila.
— Você diz coisas inteligentes, Luci. Mas quem não pode ir sou eu.
— Não pode ou não quer?
— Não posso, Lucineide. A ética não permite.
— Ética? Que ética?
— Também sou uma espécie de pastor, Lucineide. Só que meu púlpito é o telefone. Tenho de cuidar de muitas almas e

corpos. É por isso que os padres católicos não se casam. O papa está certo. Eu, se fosse você, largava essa Igreja Batismal Filosófica. Vai ver, eles só querem o seu dinheirinho. Isso se não quiserem você inteira, ho, ho, ho.
— Adoro a sua risada, Gorila. Por você eu me convertia ao catolicismo e me casava na igreja de véu e grinalda.
— E o pastor?
— O pastor é um cara legal. Só tem medo de você ser um desses tarados telefônicos.
— E eu sou?
— Ah, um pouco.
— Então vamos ver o que você acha desta. Sabe o que eu faria na noite de núpcias? Deixaria você com o vestido de noiva e só tiraria a sua calcinha. Com os dentes, naturalmente, ho, ho, ho. Aí você já viu.
— Ai, Gorila, assim você me deixa louca. Por que a gente não faz isso, nem que seja de mentirinha? Tenho uma amiga que é costureira e pode arranjar o vestido.
— Preciso meditar um pouco sobre o assunto, Luci. Vamos fazer o seguinte: você fica pensando nisso aí, que eu fico pensando nisso aqui, está bem?
— O que eu posso fazer? Se é assim que você quer...
— Desculpe-me Luci, já expliquei por quê. Agora preciso desligar. Tchau.
— Tchau, Gorila, tchau.

*

— Ariosto? Sim, é você, Ariosto. Posso reconhecê-lo por sua respiração nervosa, expectante, quando ouve o Gorila, ho, ho, ho.
— ...

— Entendo o seu temor e a sua discrição, Ariosto. Afinal, você é casado. Mas do Gorila não precisa temer nada. Estou aqui para ajudá-lo a se encontrar. No fundo você sabe disso, não sabe? Tanto é que não desliga.

— ...

— Acho um desperdício você sentado atrás do caixa de um banco, quando preferiria o balé ou o teatro. Como eu sei disso? O Gorila sabe de tudo.

— O senhor é cliente do banco? Poderia se identificar, por favor?

— Ho, ho, ho. Desculpe-me, Ariosto, mas você é um número. É a primeira vez que alguém trata o Gorila de senhor. Digamos que eu me chame Epifânio. Epifânio Gonzalez. Você é um sujeito educado e merece o que vou lhe dizer. Não sei por qual mistério da natureza as pessoas como voce têm tanta inclinação para as artes. Está certo que, na sua idade e com essa barriguinha, fruto do banco, fica meio difícil dançar. Nem todo mundo pode ter o físico apolíneo do Gorila. Mas o teatro está cheio de papéis para o seu tipo e tem a coreografia, os figurinos. Aposto que você vai sempre ao Municipal e que sua cabeça está repleta de coreografias que soltam tudo o que a sociedade obriga você a refrear. Por que não se torna um coreógrafo, nem que seja de si mesmo? O Opus 23 de Grieg, por exemplo. Dance-o diante do espelho e depois se aplauda, Ariosto.

— O Opus 23 foi composto para o *Peer Gynt*, de Ibsen. Eu não ousaria. Além disso, sou muito tímido.

— Muito bem, Ariosto. Você é um cara culto. E modesto. Mas o importante não é a fama. Por mim você podia ser até cabeleireiro. Tudo vale a pena, se a alma não é pequena, desculpe-me o lugar-comum, mas tenho certeza de que você gosta de Fernando Pessoa. E, já pensou, fazer cachinhos no peito cabeludo do Gorila? Ho, ho, ho. Mas o importante é você assumir,

Ariosto. Você não imagina o sentimento de leveza, de liberdade, que isso traz. O Gorila, por exemplo, no dia em que assumiu ficou zen.

Risinho:
— Assumiu o quê, Gorila?
— Assumiu o Gorila mesmo, ho, ho, ho. O que você estava pensando, hein, Ariosto?

Outro risinho:
— Se você também é um adepto.
— Adepto de quê, Ariosto? Cuidado com o Gorila: quando ele fica irritado...

Outro risinho:
— Adepto das filosofias orientais. Nesse caso, poderíamos ter uma conversa sobre o assunto um dia.
— Sim, um dia com certeza, Ariosto. Mas por hoje foi o bastante. Até mais ver.
— Até mais ver.

*

"Quem fala aqui é Cíntia. No momento não posso atender. Por favor deixe o seu recado, que ligarei assim que puder."
Recado transmitido em dois tempos.
— Cíntia, Cíntia, onde estás que nunca respondes? Tua voz evoca em mim uma mulher mignon, graciosa, com longas madeixas que penteias só de calcinha diante de uma penteadeira com espelhos dobradiços, multiplicando teu rosto delicado e pensativo e teus seios pequetitos, Cíntia. Sentado à cama, um homem másculo contempla embevecido os teus reflexos, esperando o momento em que virás jogar-te lânguida sobre o seu corpo peludo. Então já sabes, é o Gorila, ho, ho, ho. Mas vem de calcinha, pois o Gorila faz questão de arrancá-la com os den-

tes, ho, ho, ho. Sem isso a coisa simplesmente não funciona. Depois os braços do grande primata se fecharão sobre ti, provocando-te êxtases enlouquecedores, Cíntia. Ho, ho, ho.

*

— Como é que é, Rosalinda, melhorou?
— Aqui não tem nenhuma Rosalinda.
— Não está se lembrando de anteontem? O Gorila, ho, ho, ho. Mas também, você estava bêbada demais.
— Olha aqui, seu macaco. Por que você não usa a internet? Há um monte de vagabundas soltas no espaço e elas iriam adorar.
— E minha voz melodiosa, minha linguinha de veludo, como é que ficariam, hein?
— Usa o microfone do computador, Gorila, mas já vi que você não conhece nada disso. Mas tenho até uma ideia de *home page* para você. O King Kong, com aquela atriz loura, no alto do Empire State Building. O Empire State enfiado no teu cu. Ho, ho, ho.
— Acho que um computador revelaria meu endereço eletrônico, Rosalinda. E você deve compreender que o meu negócio é sigiloso. Mas estou começando a conhecê-la melhor, Rosalinda. Você, além de pornográfica, é tecnológica. Mas eu a absolvo, porque a internet deve ser mesmo boa para as mulheres solitárias. Só que o Gorila poderia resolver isso de um modo mais direto. Ho, ho, ho.
— Você acha que se eu estivesse conectada à internet ia ficar aqui dando sopa pelo telefone? Também estou começando a te entender melhor, Gorila. Tua língua deve ser mesmo muito importante. Sabe por quê? Porque você deve ser um desses velhos brochas e safenados que tremem diante de uma xoxota ou um computador, *ho, ho, ho.*

— Acertou apenas em parte, Rosalinda, pois parei na datilografia e prefiro até usar a mão, ho, ho, ho. Sou um daqueles homens *demodés* que deveriam ter vivido no tempo em que os cavalheiros usavam bengala e tiravam o chapéu para as damas, para fazer a corte. Quanto ao resto, se você quiser tirar a prova...
— Quer saber de uma coisa, Gorila? Se eu disser para você: vem aqui agora e me come, você não vem. Sabe por quê? Porque você não deve ser peludo porra nenhuma. E deve ter um pauzinho de nada que só dá para punheta e olhe lá. Por isso fica se excitando pelo telefone.
— Agora você pegou pesado, Rosalinda. Só o meu cavalheirismo me impede de reagir à altura. Mas diga, diga para eu ouvir: "Vem aqui e me come, Gorila. Vem".
— Você está completamente louco. Eu vou mais é ligar para a polícia.

*

— Lucrécia?
— Sim, quem fala?
— Lucrécia, por gentileza, não desligue, pois é importante o que tenho a lhe dizer. Juro que não é trote nem sou vendedor. Estava apenas consultando a lista telefônica e deparei com seu nome. Você acredita que uma pessoa possa se deixar fascinar por um nome?
Risada dela:
— Valeu, Jorge. A brincadeira está boa, mas estou com panelas no fogo.
— Jorge? Quem é Jorge?
Gargalhada dela.
— Você sabe muito bem, Jorge. Só um ator é capaz de imitar outra voz tão bem assim. Mas, se você não parar com isso, vou desligar.

— Desliga, mas não o telefone e sim o fogo. Aí eu prometo revelar minha verdadeira identidade.
— Está bem, Jorge, que saco!
— ...
— Muito bem, apaguei o fogo. (*Impaciente.*) Agora, qual é a sua verdadeira identidade?
— Vou dizer, mas não ria. Meu nome é Epifânio. Epifânio Gonzalez.
Risinho dela.
— Você riu, Lucrécia, mas com razão. Também não gosto dele. Parece de cantor de guarânia. Por isso uso outro, que só revelo se você prometer não desligar.
— Mas você está um porre, hein. Desata logo.
— Sou o Gorila, ho, ho, ho. E agora que estou à sua mercê, você deve cumprir sua promessa e escutar com atenção. Apaixonei-me à primeira vista por seu nome e tudo o que ele evoca.
— É, já percebi que você não é mesmo o Jorge, mas vá lá, o que o meu nome evoca para você?
— Acho que você sabe, Lucrécia. Veneza antiga, os Borgia, o papa com amantes e filhos. Assassinatos, orgias. Muitas orgias.
— Ora, cara, a verdadeira Lucrécia Borgia terminou a vida quase como uma santa, fazendo obras de caridade e patrocinando artistas. E se ela se casou mais de uma vez foi por questões de Estado. Você não está confundindo com Messalina? O pessoal lê uma coisinha aqui, ouve outra coisinha ali, e mistura tudo.
— Subestimei você, Lucrécia, mas isso me agrada, uma mulher inteligente e ainda mais com um nome desses. E vou lhe passar uma informação curiosa. Sabe que nunca encontrei uma Messalina no catálogo telefônico? A menos que esteja embutida num prosaico "M" da lista. Mas quem iria pôr o nome de Messalina numa filha, não é mesmo?
— É verdade, mas não vai me dizer que você lê o catálogo

telefônico. Só que agora chega. Se continuei lhe dando papo, foi só para tentar identificá-lo.

— Eu já lhe disse, sou o Gorila, ho, ho, ho. E faz parte do *métier* do Gorila consultar o catálogo. Não uso muita gíria, mas olha, *parei* literalmente no seu nome. Lucrécia. Você já deve ter sido cortejada muitas vezes por causa dele, não é, Lucrécia?

— Sim, é verdade, inclusive por meu marido, digamos assim.

— Marido? E por que o número do telefone está em seu nome? Lucrécia A. Souza?

— Se você duvida, eu vou chamá-lo. Ele está lendo no escritório.

— Lendo o quê, Lucrécia?

— Você é muito intrometido. O que isso lhe interessa?

— Diz-me o que lês, que eu te direi quem és. Mas então o Souza vem dele? Bem que achei um sobrenome banal. Só não comentei isso para não ofendê-la, Lucrécia. Ou você pode estar blefando. Mas, se for verdade, se há uma coisa que me desagrada é um semelhante meu. Passei antes por uma Amanda, nome comum, mas sugestivo, aí atendeu um homem e bati o fone na cara dele. Por que você não aproveita os antecedentes do seu nome, Lucrécia, e envenena o seu marido, digamos assim? Isso não assustaria o Gorila, pelo contrário. Uma mulher que tivesse a audácia de matar seria uma excitação a mais para ele. Ho, ho, ho.

Telefone desligado abruptamente do outro lado da linha.

*

— Quer saber de uma coisa, Gorila? Eu acho que você não me quer porque eu sou negra.

— Você está sendo preconceituosa, Lucineide.

— Eu, preconceituosa? Essa é muito boa. Eu que sou de cor e ainda por cima meio coroa?

— Isso mesmo, Luci, preconceito contra você mesma. An-

dei meditando sobre isso. As diferenças de raça de fato existem, mas para melhor. Criam um mistério muito mais denso entre os sexos. Por exemplo, você e eu. Minha pele é branquíssima como leite porque meus pelos bastos não deixam passar os raios solares. Já pensou a gente nu num quarto de motel cheio de espelhos?
 Risada dela:
 — Pensei, gorila, e aí?
 — E aí, você, com a sua pele de ébano, e eu, com a minha tez de marfim... E sabe o que eu faria com você? Ia espargir talco no seu corpo inteirinho e depois retirá-lo com carinhos e beijinhos, bem devagarinho, até deixar você de novo preta e completamente louca.
 — Ah, Gorila, eu já estou completamente louca. E agora, o que é que eu faço?
 — Deus nos deu um corpo, não deu? É só fazer uso dele. O homem e a mulher são ilhas, Luci. Então você usa o seu, que eu uso o meu. Mas não me traia, hein? Enquanto estiver fazendo uso do seu corpo, pense só no Gorila, ho, ho, ho. Você faz aí, que eu faço aqui, um pensando no outro, está bem? Agora tenho que desligar, pois com o fone na mão não dá. Ho, ho, ho.

       *

 Mensagem gravada do Gorila transmitida a alguns números telefônicos selecionados, ao som da *Oitava sinfonia*, de Gustav Mahler. Se o telefone para o qual é transmitida mensagem é desligado, o Gorila desiste. E, quando se trata de secretárias eletrônicas com a gravação de uma voz feminina, o Gorila liga quantas vezes forem necessárias para completar o seu recado:
 — Mulher, ó mulheres! Escutai com atenção, pois a língua do Gorila tem mais de um sentido. Tanto poderá sussurrar doces palavras em vossos ouvidos quanto descer ao ponto mais

nevrálgico e recôndito do vosso corpo, que poucos conhecem como o Gorila. Então o Gorila parecerá um colibri, voejando em torno de uma flor. E as mãos! Que mãos! Pode-se dizer que ele as tem em número de quatro, pois desenvolveu destreza e suavidade inefáveis nos dedos dos pés. Quase como o delicado carinho de mulher para mulher, com a vantagem de vos oferecer um peito peludo, másculo, porém macio e aconchegante. Mas o Gorila é generoso e nada tem a opor se quiserdes saciar--vos vós mesmas, enquanto ele apenas vos acaricia os seios. Porém, depois — sim, depois —, quando estiverdes saciadas desse tipo de gozo, o Gorila vos possuirá, para que vos sintais preenchidas em todo o vazio, o âmago do ser. Mulher, ó mulheres, conheço-vos, pois sou o Gorila, ho, ho, ho.

*

Alguém que tira o fone do gancho, mas permanece em silêncio:
— ...
— Alô, alô.
— ...
— Alô, alô, recebeu a minha mensagem Cíntia? Diga apenas sim ou não, que saberei entender o significado profundo e oculto nesses monossílabos. Mas, veja bem, entenderei o silêncio como um *sim*.
— ...
— Sim, é claro que sim, pois desta vez a secretária não está ligada e você não desligou o telefone. Aliás, você nunca desligou enquanto o Gorila se declarava. Meu Deus do céu, acho que estou amando, pois sinto que você está aí, sensibilizada, crispada, e só não responde para não quebrar uma espécie de encantamento. Mas vai sendo conquistada passo a passo, até que um dia, finalmente, sua voz dirá o grandioso e definitivo sim.

Telefone desligado do outro lado da linha.

*

Voz feminina:
— Alô?
Voz sussurrante:
— Você está sozinha, Amanda?
— ...
— Não está podendo falar, ou não está querendo, Amanda? Só queria saber se lhe agradou a minha mensagem.
Voz masculina:
— Você não me engana, Gorila, você é veado. Um cara que debocha das mulheres, no fundo não gosta delas.
— Debochar, eu? Olha aqui, senhor Amando...
— Senhor Amando é o caralho. Tenho amigos na polícia e eles vão arrancar teus pelos um por um. Depois vão te jogar numa cela cheia de marginais, que vão entalar tua boca faladora com suas picas grossas. Depois vão te comer um por um, e você vai terminar a vida empalado num cacete. Mas é até capaz de você gostar, Gorila. Teu cu deve ser daqueles tipo maçã, inchado e vermelhão. Afinal, você não é o Gorila? Só que envergonha a raça, ô Brutucu. Pois esse negócio de inefável e colibri é coisa de veadinho, e você deve ser um tremendo lambedor de pica, viu, ô macacão?
Telefone desligado, na casa de Amanda. O Gorila:
— Meu Deus, meu Deus.

*

— Alô?
— Rosalinda?

— Olha, cara, da última vez eu te avisei.
— Por favor, Rosalinda, é coisa séria.
— Me diz uma coisa, a tua voz. Você bebeu?
— Não, tomei remédios. Estou deprimido, angustiado.
— Você, Gorila? Não acredito. Um homem tão jovial e seguro de si?
— As aparências enganam, Rosalinda.
— Meu Deus do céu, está todo mundo louco? Esse mundo existe? Eu nem me chamo Rosalinda. Meu nome é Magda. Mas deixa pra lá, o que foi que houve?
— Me ameaçaram com a polícia, me agrediram.
— Você também andou pedindo, não é? Eles te bateram?
— Não, foi verbalmente, por telefone. Me chamaram de chupador e de outras coisas que...
Ela o interrompe com uma gargalhada.
— Olha, Gorila, eu chupo, tu chupas, todo mundo chupa. Qual é o problema?
— Foi um homem, Rosalinda. Um homem brutal.
Ela torna a rir:
— Não vai me dizer que você também...
— Não, não. Liguei para a mulher. Aí o homem entrou na linha, me xingou e me ameaçou de tudo.
— Olha, Gorila, se eu fosse você não me preocupava tanto. Cão que ladra não morde.
— Você acha mesmo?
— Achar eu acho, mas não custa dar um tempo. Alguém pode te pegar de fato. Já ouviu falar naquele aparelhinho que localiza as chamadas, o bina? Que tem nos celulares.
— Já, mas é meio caro. E eu não ligo para celulares. Também não acredito que alguém vá comprar um bina só por minha causa. Costumo dar uma variada nos telefonemas, dar um tempo às pessoas. Quer dizer, a quase todas.

— Me diga uma coisa, Gorila. Você não tem namorada, mulher, filhos?
— Um dia eu lhe explico, Rosalinda. Mas obrigado, muito obrigado. Eu sabia que podia contar com você.
— Mas por que eu?
— Atrás da sua aparente devassidão, eu sempre soube que havia uma mulher madura, vivida, sensível.
— Olha, não me goza não, hein?
— Não estou gozando, Rosalinda, pode acreditar.
— Quer saber de uma coisa, Gorila? Eu preferia você como era antes.
— Vou tentar, Rosalinda, mas hoje não. Estou muito fatigado, com sono. Até logo, Rosalinda.
— Te cuida, hein?
— Você também.

*

— Ariosto?
— Sim?
— Senti saudades da sua fina educação, Ariosto. Sobre aquele papo espiritual que nos prometemos, fiquei pensando. O objetivo de cada ser, na existência, é tornar-se cada vez mais o que é. O Gorila sempre mais o Gorila e você, Ariosto, sempre mais Ariosto. Cada um a seu modo, aprimorando a sua sensibilidade. Eu yang, você yin. O que acha disso, Ariosto?

Ruído do outro lado da linha, como se alguém estivesse mexendo no fone numa extensão. Logo depois, a voz um pouco nervosa de Ariosto, desconversando:

— Está bem, senhor Epifânio, amanhã, logo que chegar ao banco, verificarei o cheque.

Ligação cortada por ambas as partes.

PARTE 2

A xoxota sugadora

Ave Maria, cheia de graça, o Senhor é convosco, bendita sois vós, entre as mulheres... Noite de Natal, mãe, e eu aqui sozinho, recostado no sofá, tomando Natu Nobilis *on the rocks* e comendo panetone com queijo. Mas para quem telefonar, se todas devem estar ceando em companhia de seus entes mais queridos? E ando cauteloso, mãe, sem ânimo para fazer manifestar-se aquele outro, como se houvesse perdido sua voz. Mas, sem ele, quem sou eu? Em nome de quem ligar para Cíntia, por exemplo, e desejar-lhe um feliz Natal? E definitivamente não combinam, ele e o Natal.

Espoucam os fogos, rumores festivos chegam de toda a vizinhança, bimbalham os sinos, ho, ho, ho, e eu aqui com a televisão ligada sem som, assistindo ao show natalino, com Xuxa, Roberto Carlos, Luciano Pavarotti, Renato Aragão. Só isso já seria um bom motivo para tomar dois comprimidos e lançar-me na doce escuridão. E, no entanto, aqui estou, neste calor implacável, orando à minha maneira, dirigindo-me a vós duas, minha Nossa Senhora e mamãe, à espera de não sei bem o quê.

Bendito é o fruto do vosso ventre, Jesus. Ou será maldito este outro fruto, eu, ho, ho, ho? Pois, que eu me lembre, nunca foi bom ser eu. Sim, estou meio alto, talvez meio louco, mãe. Ou seremos todos loucos quando absolutamente sós? E por que rezo, se nem mesmo creio, a não ser na pontinha de dúvida que sempre permanece naqueles que foram educados para crer? Então te desafio, mãe, para que me faças um sinal, por menor que seja, daí onde, segundo tuas crenças, deverias estar. Um leve esvoaçar da cortina, uma brisa sobre o meu peito nu e sofrido nesta noite opressiva. Ou que se abrissem por um instante as nuvens mormacentas e se revelasse a mim uma só estrela que fosse, que eu aceitaria de bom grado como um sinal de ti, mãe. Ou, quem sabe, a satisfação de um desejo quase inconcebível: uma sombra, um espectro de mulher, esguio e belo, ou mesmo o simples pressentimento de uma presença junto à minha cama, quando eu me deitar — e eu creria, mãe. Um sopro cálido em meu rosto, como um beijo de boa-noite, como quando eu era pequeno e vinhas com o copo de Toddy e rezávamos juntos a ave-maria, para que um dia estivéssemos ao lado da Virgem, no céu. Só que sempre deverias ter mandado que eu escovasse de novo os dentes, mãe, e nisso falhaste várias vezes, lamentavelmente. Pois as cáries já eram um primeiro rompimento numa estrutura que se quer perfeita e, uma vez rompida, quando poderemos ter de novo essa perfeição, hein?, responde-me. Um corpo sem cáries, um corpo sem vicissitudes, uma alma sem corpo? Mas por que partiste tão cedo, me abandonando? E que céu? — agora eu me pergunto. Daqui a pouco aparecerá na tela o papa, com seu corpo vergado, minado, para transmitir sua mensagem de Natal, com sua voz fraca e monocórdia, mas com toda a sua autoridade, agarrado a sua fé. Não terá ele nenhuma dúvida, mãe?

Mas também eu teria fé, por um sinal que fosse, ainda que nenhum dos que imaginei. Quem sabe num sonho, mãe, em

que me aparecesses claramente, numa paisagem, um cenário que nem ouso imaginar, e me dissesses, com um sorriso cristalino, transparente: "Veja, aqui estou". E, se pudesses tanto, por que não me enviar também alguma adorável criatura — alguém como Cíntia, talvez — que viesse visitar-me na noite, em várias noites, em sonhos que eu guardasse com toda a nitidez e de que desfrutasse com todos os meus sentidos? Sonhos em que também eu seria outro: jovem, belo, leve e solto, sorrindo com todos os dentes. Então tomarei um comprimido, mãe, apenas um, para que não me faça dormir completamente entorpecido e inacessível, e irei para o meu quarto, mãe. Ligarei o ar-condicionado e vedarei o mundo lá de fora, para abrir as portas para o meu interior, para o espaço ilimitado do meu sono e dos meus sonhos, em que tudo se torna possível.
Santa Maria, mãe de Deus, mãezinha minha...

Ele ouve, sobressaltado, o telefone tocar. Muito surpreso, estende a mão para o aparelho sobre uma mesinha ao lado do sofá, retira o fone devagar, como que cauteloso, enquanto prossegue, inadvertidamente, em voz baixa, mas audível, sua oração:
... rogai por nós, pecadores, agora e na hora da nossa morte...
Do outro lado da linha, como num eco das profundezas, uma voz feminina, cavernosa, pronuncia:
— Amém.
— Perdão?
Suspiro, hesitação, silêncio, respiração angustiada, entrecortada. A voz da mulher se faz ouvir outra vez, solene, rouca:
— Sim, talvez eu devesse pedir perdão por meus atos e pensamentos. Mas como ouvi o senhor rezando a ave-maria, me impressionei muito e completei: amém.
— Assim seja. (*Falando para si mesmo, desconfiado, com uma ponta de sarcasmo.*) Milagre? Como se minhas palavras retum-

bassem? Será possível que me escutaste deveras, mãezinha? Ou será você, Cíntia? Deus então existiria, e seria bom.
Ela, com voz trêmula:
— Não, Cíntia não, mãezinha sim. De fato é espantoso, milagroso. Como foi que o senhor adivinhou?
— Espera aí, adivinhei o quê, céus?
Ela, desatando um riso nervoso, próximo do choro:
— Que estou grávida. É maravilhoso.
— Sim, suponho que deva ser, mas não sei se compreendo.
— É maravilhoso que eu tenha ligado em busca de ajuda e, antes de eu contar qualquer coisa, o senhor rezou comigo, tocou na morte, adivinhou o meu estado, minha aflição, e me chamou de mãezinha. Como pode? Só milagre.
— Sim, como pode? (*Para si mesmo, decididamente cínico, afastando-se do bocal do telefone.*) Minha mãe, grávida? Como se ultrapassássemos as barreiras do tempo? Retornei ao ventre e para cá ela me liga, como se auscultasse meus anseios mais íntimos? (*Reaproximando-se do fone.*) Me diga uma coisa, minha senhora. Com quem a senhora deseja falar?
— Senhora não; senhorita. É esse, justamente, um dos meus problemas: estou grávida e sou solteira.
— E ele?
— Ele quem?
— O pai da criança.
— Ah, ele... desapareceu.
— Tudo bem, senhorita. Ou melhor, tudo mal, pelo que ouço. Mas para que número a senhorita ligou?
— Não sei, não me lembro. Estava tão só e desesperada que fui discando de araque, para ouvir uma voz humana, falar com alguém.
— Está querendo que eu acredite nisso? A senhorita vai ser mãe, é Natal, discou um número ao acaso e a ligação veio cair logo aqui? E justo quando eu invocava... Bom, deixa isso pra lá.

Ela, com a voz embargada:

— Desculpe se estou atrapalhando a sua ceia em família; eu desligo, me desculpe.

— Família? Que família? Estou bebendo sozinho, e minha ceia é um panetone. O que não dá para engolir é que sua ligação foi "de araque", como você diz.

— Em algum lugar tinha que cair, não tinha? Não tem gente que acerta na loteria ou é sorteada pela televisão?

— E o premiado fui eu? Isso é coincidência demais. Ah, já sei, alguma de minhas *amigas*, ha, ha, ha. Quem sabe a Rosalinda? Esse *de araque* e essa *senhorita* me fazem lembrar a Rosalinda. Mas não reconheço a sua voz. É um bom trote, não nego, mas talvez esta noite não seja a mais propícia. Ou talvez sim, sei lá, eu aqui tomando Natu Nobilis e comendo panetone com queijo. De todo modo lhe perdoo se revelar seu nome e como descobriu meu número, pois isso me preocupa.

Ela, com um suspiro muito triste:

— O senhor não acredita mesmo em mim, não é? Eu já disse, fui discando. E meu nome é Darlene.

— Algo assim como uma Marlene dadivosa? Interessante, mesmo se for um codinome.

Ela, choramingando:

— O senhor não devia debochar de mim.

— Está bem, está bem, esqueça o galanteio. Mas vamos parar com esse choro, sim? E não me chame de senhor. Você leva as coisas muito a sério. Talvez esteja aí o seu problema.

Ela, parecendo conter o choro e soltando das profundezas uma voz sufocada, agônica:

— Por favor... me ajuda. Estou desesperada. (*Elevando a voz.*) A janela!

— Calma, senhorita. O que há com a janela?

— Estou com uma vontade irresistível de saltar.

— Saltar de onde, mãe do céu?

— Do quinto andar. Mas gosto quando você fala assim: mãe do céu. É como me sinto: mãe do céu.

— Espera aí, seja lá quem você for, não pode fazer isso comigo, nem de brincadeira. Agora vá lá, feche essa janela... Não, não. Não se aproxime da janela. Vá até a cozinha, tome um copo d'água com açúcar para se acalmar, que estarei lhe esperando. Quer dizer, enquanto você toma sua água com açúcar, eu preparo uma dose de uísque para mim, está bem?

— Como você quiser.

— É assim que se fala, Darlene. Agora vou pôr o fone na mesa para preparar o uísque, e tome cuidado para não desligar o seu. Por via das dúvidas, me dê seu número. É Natal, todo mundo está telefonando para todo mundo e a ligação pode cair. Estou com a agenda aqui ao meu lado.

Ela, pausadamente:

— Dois — um — quatro — três — sete — cinco — oito. Anotou?

— Anotei. De fato não me parece um número que eu conheça.

— Eu não disse? E agora, qual é o seu?

— Você ligou para cá, Darlene.

Ela, com um suspiro triste:

— Eu já lhe disse como foi. Você não confia mesmo em mim.

— Confio desconfiando... *Darlene*. Tenho meus bons motivos.

— Você podia ao menos me dizer seu nome.

— Olha, Darlene, estou aqui como uma voz para lhe ajudar. Quanto menos você souber de mim, melhor. Funciona melhor assim, pode acreditar. Mas, e se eu lhe disser que me chamo Epifânio? Epifânio Gonzalez.

Ela mal contém um risinho:
— Está rindo do quê, hein, Darlene?
— Desculpe, é que achei meio engraçado. O que não quer dizer que seja feio.
— Não tem importância, Darlene. Não me magoei. E prefiro você assim, rindo, do que como estava antes. Agora, só mais uma coisinha, para matar minha curiosidade. Já ouviu falar no Gorila?
Ela dá uma risada franca:
— Gorila? Que Gorila? Você ficou maluco?
— Nada disso, é um homem que ampara as mulheres. Uma espécie de poeta telefônico. Talvez um dia você receba uma chamada dele. Quando menos esperar...
— Agora você está me metendo medo... Epifânio.
— Esqueça isso. Quer que eu ponha uma música clássica para você ouvir ao fundo?
— Não, por favor. Música clássica é muito triste.
— É, talvez você tenha razão. Então vai a seco mesmo. Quer dizer, vai com a água com açúcar, ha, ha, ha.
Ela, também rindo:
— Até daqui a pouco, então.
— Até daqui a pouco mesmo, hein, Darlene?
— Pode deixar.
....

Mais ou menos um minuto e meio depois.
— Darlene?
— ...
— Darlene, você está aí, Darlene?
— ...
— Darlene, Darlene.
— ... Pronto, voltei.

— Puxa, você demorou, Darlene. Eu já estava ficando preocupado.
— Você é muito gentil.
— Por um instante julguei ouvir uma outra voz, bem baixinho. Você falava com alguém?
— Impressão sua, ou talvez a algazarra na vizinhança, por causa do Natal. Nunca estive tão só em minha vida. Estava procurando uma caixa de comprimidos.
— Que espécie de comprimidos, Darlene?
— Ah, soníferos, calmantes.
— Veja lá o que vai fazer, hein, Darlene? Lembre-se de que está grávida. Já tomou algum?
— Um só, por enquanto. Não se preocupe. Nada mais tem importância.
— Por quê, Darlene? Por que nada mais tem importância?
— Esse filho não vai nascer.
— É uma ideia, Darlene, mas não gostei do modo como você falou isso. Você está com muitos comprimidos?
— Bastante. Eu tenho uma amiga, a Neide, que namorava um cara de um laboratório, o Eriberto, e ele arranjava pra gente amostras grátis. Um dia ele veio aqui e me deu um monte.
— Por acaso é o pai da criança?
— Você é mesmo esperto. Como adivinhou?
— Essa não foi tão difícil, Darlene. Você deu as pistas. Por acaso tinha tomado comprimidos quando tudo aconteceu?
— Sim, você é mesmo um espanto.
— Nem tanto, Darlene. É quase como se eu pudesse contar o que se passou. Ou como se pudesse dizer tanto uma coisa como outra. Vejo o filme. Ele lhe deu dois ou três comprimidos e quando você estava grogue, talvez até dormindo, ele a possuiu.
— Sim, sim. E quando acordei, os sinais eram claros. Mas foi como se tudo tivesse acontecido num sonho.

— Sonho bom ou mau, Darlene?
— Por favor, não me pergunte isso.
— Você podia ter procurado a polícia.
— Não, polícia não. Sabe lá o que eu ia passar? Mas quando achei que estava grávida, pedi à Neide para procurar o Eriberto no laboratório para ver se ele me arranjava um abortivo, e sabe o que disseram pra ela? Que ele tinha sumido com uma porção de medicamentos barra-pesada e vitaminas estrangeiras. Até morfina ele levou. O pessoal do laboratório acredita que ele está envolvido com uma quadrilha de traficantes e falsificadores de remédios.
— Barra-pesada mesmo, hein? Me diga uma coisa, você está com quantos meses de gravidez?
— No máximo dois.
— Já fez o teste?
— Não, mas uma mulher sabe.
— É, pode ser. Mas me diga outra coisa. A Neide não se importou?
— Com a transa, não. Vou lhe confessar uma coisa. Ela também estava aqui e viu tudinho. Acho até que transaram também. Essa é a verdade: a Neide foi cúmplice. Mas quando o Eriberto desapareceu, ela tomou uma porrada de comprimidos e foi parar num hospital. E ainda deu sorte, porque a colega de quarto dela voltou de uma noitada na dia seguinte e encontrou ela quase morta. (*Suspirando*.) Sorte ou azar, não sei.
— Não seja tétrica, Darlene. E você não vai fazer isso, não é?
— É, acho que não.
— Já pensou, depois não morre e levam você para uma enfermaria comum, lhe aplicam uma lavagem e o resto todo? Já pensou no vexame? Aliás, quem toma comprimidos, em geral não quer morrer. Está querendo apenas fugir do mundo, descansar. E olha que eu sei do que estou falando.

— Não vai me dizer que você também toma...
— Sim, tomo. Mas só para passear um pouco nas trevas. Ir ao outro mundo e depois retornar. Se você não estivesse grávida, eu a aconselharia a tomar apenas o bastante para acordar no dia vinte e seis, que é sábado, mas um sábado normal, sem essa histeria natalina, e aí você veria as coisas de outro modo. Você trabalha aos sábados, Darlene?
— Trabalho, sou vendedora numa loja de roupas femininas. Quer dizer, era.
— Era?
— Da janela é tiro e queda, senhor Epifânio.
— Você não sabe o que está dizendo, Darlene, e talvez esteja fazendo chantagem comigo, que sou um homem crédulo e, quando bebo, fico sentimental. Já pensou, você caída, toda descomposta, na rua? Do quinto andar nem é garantido que morra logo, e pode ficar lá na calçada, sangrando e estrebuchando. Em que bairro você mora?
— Copacabana. Num quarto-sala, tudo junto. Na Barata Ribeiro.
— Pior ainda. Você já deve saber, pelo Eriberto, como são os homens, ainda mais esses que perambulam de noite pelas ruas de Copacabana. Você com as coxas de fora, a calcinha aparecendo. Eles são até capazes de dizer: que pernas gostosas, que desperdício.
— Eu sou magrela, minhas pernas não são gostosas.
— Sou capaz de apostar que são, Darlene. E você não conhece direito a mentalidade do pessoal. Tem gente que é tão pervertida que é capaz de passar a mão em você, fingindo que é para arrumar a sua saia. Ou enfiar a mão dentro da sua blusa, para sentir se o seu coração ainda bate.
— Para com isso, você está me dando calafrios. Estou achando que o pervertido é você. Pervertido e bêbado.

— Talvez eu tenha exagerado um pouco, Darlene, mas a intenção foi boa. Achei que você precisava de um tratamento de choque e fui severo com o pessoal lá de baixo, que, vai ver, é até melhor que o de cima. E sempre haverá uma ou duas almas caridosas para acender uma vela para você. Mas um velório na rua, Darlene, faça-me o favor. E olha que vi um relâmpago. Daqui a pouco vai chover.

— Que me importa, se já estarei morta? E tem uma coisa que você não imaginou, bem-feito. Meu apartamento é de fundos, e vou cair na área interna.

— Vai cair, você disse? Você me cansa Darlene. Não pensa nos vizinhos? Eles ouvirão aquele baque horrível e correrão para a janela e verão você lá, estatelada. Quem conseguirá continuar sua ceia depois de uma cena dessas?

— Quem sabe só assim eles todos prestarão atenção em mim? Na moça humilde e sozinha do quinto andar? E, de qualquer modo, me desculpe, mas que se fodam, o meu prédio não é tão família assim. Tem de tudo. Eles poderão até gostar, como o pessoal da rua, que você falou. Só não vão poder tocar em mim.

— É, sem dúvida será uma cena e tanto. Mas sabe quem poderá tocar em você, talvez beber seu sangue? Os gatos vadios e, se não houver gatos, os ratos.

— Para, para! Você está me dando nojo.

— Talvez você precise mesmo de um tratamento de choque, Darlene. E sabe quem poderá subir em você, acariciá-la por baixo da roupa? As baratas, Darlene. As baratas.

— Para, para.

Ele, com voz muito enérgica:

— Para você com o seu show, e me diga quem você é.

Ela se põe a dar pequenos gritos histéricos e ouve-se o barulho do telefone caindo.

Ele:

— Darlene, Darlene...
— ...
— Darlene, o que você está fazendo?
— ... Arranquei o vestido. Era como se eu sentisse as baratas dentro dele. O meu vestido mais bonito de verão.
— Você tinha posto o seu melhor vestido para...?
— Sim, tinha. E agora vou tomar os comprimidos todos, um por um. Você é um sujeito ruim, e não me levou a sério. Adeus.
— Espera aí, Darlene, eu levo você a sério sim. Mas enlouqueceu? Ficou completamente nua? E os vizinhos?
— Estou de calcinha, senhor Epifânio, se isso lhe interessa.
— Interessa sim, Darlene. Mas me incomoda que os vizinhos vejam você seminua. Você mesma disse que a vizinhança não é boa.
— Se isso lhe importa tanto, é só a luz da cozinha que está acesa. No máximo, eu sou uma sombra.
— Achei bonito isso, Darlene. Sombras podem ser sensuais. Às vezes até mais do que um corpo nu e cru. Porque abrem todo o espaço à imaginação. E veja bem que está relampejando. E, num clarão, podem ver o seu corpo. E também está chovendo. Que bom. Está me ouvindo, Darlene?

Ela, bocejando:
— Esto... oou. Também estou sentindo uma brisa no meu corpo. É bom... ser... uuma... sombra.
— Só faltava a chuva para o Natal ficar completo. Agora não falta nada. A chuva é uma dádiva, Darlene, sem gozação, vê se me entende. E o cinza é belo, saia amanhã à rua e contemple o mar revolto. Até nade um pouco, se exponha ao perigo, veja que tudo parecerá ao mesmo tempo grandioso e insignificante. As pessoas só costumam nadar nos dias ensolarados, o que é um erro. Sabe por que o cinza e a chuva têm tudo a ver com gente como nós?

Ela, com a voz muito fraca, como se estivesse adormecendo:
— Acho que sei, pela... tris... teza.
— Melhor seria dizer melancolia, Darlene, que é um belo nome. E, quando chove, lá fora fica igual dentro da gente, e isso é bom. Não há nenhuma Melancolia no catálogo telefônico. Eu, se fosse você, se nascesse uma filha, batizava de Melancolia, não fosse a incompreensão das pessoas. Está me ouvindo, Darlene?
— Longe... muito... longe.
— Darlene, Darlene.
Ela, com uma voz longínqua:
— Tomei... tudo. Adeus.
Ruído de cadeira caindo, o próprio telefone, que se põe a dar o sinal de ocupado.
Ele:
— Meu Deus do céu, o que foi que eu fiz?

VARIANTE COM O PAPA

— ...
— Mas tem uma coisa que você não imaginou, bem-feito. Meu apartamento é de fundos e vou cair na área interna.
— Vai cair? Não diga uma coisa dessas, Darlene, que é pecado. Sabe quem está falando na televisão agora? O papa. O papa está transmitindo uma mensagem de Natal para o mundo inteiro.
— Você estava assistindo televisão enquanto falava comigo, Epifânio?
— Sem som, Darlene. Só aumentei um pouquinho agora para escutar o papa. Não é um motivo justo?
— É, pode ser. E o que o papa está dizendo?

— O papa está falando em italiano e vou fazer uma tradução simultânea para você. Ele está dizendo que Deus é infinitamente bom e misericordioso e que não devemos nunca perder a esperança, em todas as agruras da vida. E que basta ter fé para que sintamos a paz do Senhor no coração e para que todos os nossos problemas estejam solucionados. O papa está falando de você e para você, ouviu bem, Darlene? Você é católica?

— Sou, acho que sou. Meio católica, meio espiritualista.

— Então como pode querer se matar?

— Sei lá, são ideias que passam pela cabeça da gente, em momentos de desespero. E você, é católico?

— Quer saber de uma coisa, Darlene? Não tenho a menor ideia do que sou. Para falar a verdade, nem sei direito quem sou. Só tenho certeza da morte e da eternidade. Mas minhas ideias sobre o assunto são bem pessoais. Se você tiver paciência, eu lhe conto.

— Tenho paciência, sim. Quem sabe pode me ajudar?

— É o seguinte, Darlene. Se houver alguma coisa depois da morte, de certo modo todos já estamos juntos lá. Pois, para quem morre, cessa o tempo e, mesmo que transcorra um milênio aqui na Terra, será como se fosse menos de um segundo lá, não sei se dá para entender.

— Patavina.

— É o seguinte, Darlene. Suponhamos que você morra agora. Só por hipótese, hein? Então, imediatamente, já me verá de novo; aliás, pela primeira vez. Pois, para você, terá cessado o tempo, e o resto de minha passagem pela Terra não lhe parecerá mais do que uma fração infinitesimal de segundo; aliás, até menos, ou mesmo tempo nenhum, embora aqui, às vezes, pareça um tempão, principalmente se estamos sofrendo. Mas se pensarmos que também já estamos lá, isso ajuda, entendeu?

— Mais ou menos.

— Vou lhe dizer mais uma coisa, Darlene. Se houver algo depois da morte, espero — aliás tenho certeza — que seja só alma. Pois o corpo não está com nada. O corpo é um estorvo, fonte de sofrimento, feiura, cansaço, tédio, trabalho, doença, cáries, vírus. É inconcebível uma eternidade com o corpo. A mim incomoda um pouco até que os esqueletos demorem tanto a desaparecer. Por isso quero ser cremado. Bem, pensando bem não tem importância, porque a própria Terra torrará um dia. De qualquer modo, estaremos reunidos todos numa só alma, ou numa espécie de corpo fluido, o de Deus, seremos todos Deus, numa verdadeira comunhão, isso se Ele existir. Estaremos mais do que juntinhos, eu e você, já pensou, Darlene?

— Vem cá, a gente não podia se encontrar antes?

— Está chovendo bastante, Darlene. E, como eu já lhe disse, sou apenas uma voz para lhe ajudar. E se você quiser conhecer mesmo a minha teologia, a teologia do Gorila, ela pode ser também a teologia do nada.

Ela dá uma risada rápida e cortante:

— Você disse teologia do Gorila, Epifânio.

— Foi um lapso, Darlene. Mas o que verdadeiramente interessa é a teologia do nada, que talvez seja um pouco mais difícil de entender. Mas vamos lá. O nada é também embriagante, um êxtase. Veja bem se me compreende, Darlene. Se chegaremos todos ao nada indissolúvel, à ausência completa de Deus e de seres, com um universo infinito e extasiante, mas sem nenhuma consciência a refleti-lo, será também muito bom, embora, nesse caso, desconfie dos adjetivos, ou mesmo da palavra, em geral, que será inviável, porque não haverá quem a escute ou pronuncie. Mas já pensou que paz, apesar de todos os cataclismos astronômicos? E paz por quê? Porque não haverá consciências. Nem memória dos sofrimentos. O nada: que estonteante, que embriagante, que belo. Um nada tão nada que nem a pala-

vra nada ou o seu conceito poderão existir. Talvez isso tudo tenha um pouco a ver com o Natu Nobilis que estou bebendo, mas que é uma boa iluminação para o Natal, é — não é mesmo, Darlene?
— Sem dúvida, Epifânio. Obrigada. Você devia ser um pregador. Não sabe o bem que me fez. Adeus.
— Adeus como, Darlene?
— Tomei um monte de comprimidos.
— Espera aí, Darlene, não era para você fazer isso.
— ...
— Darlene, está me ouvindo?
— Longe, muito longe...
— Fique aí, Darlene. Ainda não acabei. Esse nada ao qual estou me referindo. (... *Do outro lado da linha, o baque de uma cadeira caindo, também o telefone, e a ligação se interrompe. Mas ele continua a falar, desesperado.*) Esse nada é para ser gozado antecipadamente, enquanto a gente está vivo, não importa a dor, a solidão. É a eternidade agora, eis a metafísica completa do Gorila, ouviu, Darlene? Meu Deus do céu, o que foi que eu fiz?

*

Aflito, ele disca 2143758. Ouve o sinal de ocupado, alimentando suas piores suspeitas. Vê Darlene caída, agonizante, junto ao telefone desconectado. Pensa em descer à rua e, anonimamente, de um telefone público, ligar para a polícia ou a defesa civil e pedir que encontrem o endereço correspondente àquele número telefônico e socorram uma mulher à beira da morte, se ainda houver tempo. Antes, por via das dúvidas, resolve digitar mais uma vez 2143758. Para surpresa e alívio seus, escuta o sinal de chamada, e quando, quase imediatamente, o fone é tirado do aparelho do outro lado da linha, ele diz, intempestivamente:

— Darlene? É você, Darlene?
Voz de homem, falando alto, presumivelmente alcoolizado, muito excitado. Ao fundo, abafadamente, como se vindo de um ponto bem mais distante na habitação, som de vozes, risos, gritos, música.

— Olha, amigo, pode até ser que tenha alguma Darlene aqui na festa, mas não vai ser fácil encontrar, porque deve estar incógnita ou usar um apelido. Mulheres que frequentam essa casa não costumam ter esse nome. Os pais evitavam até batizar de Marlene por causa da antiga cantora de rádio. Mas, se for uma alemã, tudo muda de figura.

— Obrigado, vejo que me enganei. Só queria verificar se disquei...

— Espera aí meu camarada, não desista assim tão fácil. Não é improvável que alguém tenha trazido uma filial ou uma puta de luxo, mandando a família esquiar na Europa, ou para a casa de Teresópolis mesmo, dizendo que ia encontrá-los depois, só que não foi. O Robert (*pronúncia francesa*) e a Carmem Sílvia fingem que não percebem, eles são anfitriões finíssimos. Agora, amigo, não quero te ofender, mas se Darlene for nome de guerra ela deve ser bem inteligente, pois a propaganda é a alma do negócio.

— Meu caro, agradeço o seu interesse, mas só gostaria de saber se o número daí é dois, um, quatro, três, sete, cinco, oito.

— Espera aí, deixa eu conferir. Dois, um, quatro... É esse mesmo: dois, um, quatro, três, sete, cinco, oito. Pelo menos é o que está escrito no visor do aparelho. O apartamento tem várias linhas, mas a única que achei desocupada foi essa. Estou falando da sala de trabalho do Robert (*sempre pronúncia francesa*), do telefone particularíssimo dele. Você deu sorte de encontrar alguém aqui.

— Aquela louca desvairada me enganou direitinho. Ameaçou pular da janela e, depois, disse que havia tomado uma porção de comprimidos. E ainda me deu o número do telefone errado, vê se pode.

— Será que deu mesmo? Quer dizer, para o Robert deve ter dado, para ter o número privado dele, desculpe-me a franqueza. Mas eu, se fosse você, não esquentava tanto; aqui todo mundo engana todo mundo e nem por isso o mundo acaba. Um psiquiatra amigo meu me disse que os chifres tornam uma pessoa mais madura, desapegada. Eu, por exemplo, estou sendo enganado, mas também engano duplamente. Enquanto minha namorada brincava na piscina com uma lésbica, me tranquei no banheiro com uma garota que conheci na festa e, quando saí, vim telefonar para minha mulher em Gstaad. Na conta do Robert, só de sacanagem. Fidelidade hoje, meu amigo, é não deixar de usar camisinha em hipótese nenhuma. No mais, xoxota não gasta, a não ser com a idade; então é bom aproveitá-la enquanto é tempo, a Darlene está certíssima. É só você usar o seu pau em troca e estarão quites.

— Desculpe, mas há um equívoco, o senhor não está me compreendendo direito.

— Só não me chame de senhor, está certo? É que assim me sinto velho. Mas você quer cara mais compreensivo do que eu? Estava tentando falar com minha mulher na Suíça, o telefone do hotel deu ocupado, você entrou na linha e agora estou aqui te consolando. Mas não se preocupe que acho interessante ouvir o problema dos outros. A gente sempre aprende alguma coisa. Mas se estou querendo falar com minha mulher em Gstaad — e olha que lá já deve ser quase de manhã —, é só para ter certeza que ela está dormindo com outro, porque a dúvida é um negócio chato. Ela pode até mandar o esquiador suíço, ou alguém do gênero, ficar mudo, que vou saber pelo tom de voz sonso dela se tem homem na cama e, se tiver, mesmo assim vou desejar um feliz Natal para ela com um risinho cínico. Para que ela saiba bem que não sou otário de cair nessa de levar os garotos para aprender a esquiar. A Ana Flávia é tão cara de pau que alugou um chalé separado para os meninos, para eles terem mais liberdade. Mas agora que estou vendo você nessa aflição toda, fiz uma autocrítica e acho que não vou telefonar porra nenhuma. Assim, quem ficará grilada é a Ana Flávia, e tenho certeza que ela vai querer me rastrear pelo celular. Só que não tenho a menor ideia de onde deixei o celular, pode estar no carro ou perdido em algum lugar dessa festa. Mas a Ana Flávia vai acabar me achando aqui. Os natais do Robert e da Carmem Sílvia são famosos. E quando ela perguntar como está o Natal no Rio sem a família, eu vou dizer que estou com uma saudade imensa, mas deixando ela ouvir os risinhos, as gargalhadas, os gritos, a música. Para falar a verdade, quero um conselho seu: ligo ou não ligo?

— Meu Deus, hoje só dá mal-entendido. Está todo mundo pensando que eu sou o Antônio Conselheiro. Primeiro a Darlene, e agora você.

— Aquele padre cangaceiro lá do Ceará? Gostei dessa, ha, ha, ha. Eu sei que estou chato, mas também, o que você queria? Me deram de amigo-oculto dois papelotes de cocaína depois de eu já ter tomado uns goles, e fui cheirar num dos banheiros com uma garota esperta que me observou abrindo o embrulho do presente e me seguiu. E agora fico com ânsias de falar e falar, mas aqui ninguém escuta ninguém, só você, é esse o problema. Estou com um restinho de pó e só tenho você para me abrir e você não vai me deixar na mão, não é? Ou vai?

— Tudo bem, abra-se, tirei esta noite para ajudar o próximo.

O outro dá uma forte aspirada, uma risadinha e continua:

— O negócio foi o seguinte. Toda vez que a moça — nem sei o nome dela — se curvava sobre a pia para cheirar uma carreira, sua sainha se levantava e eu passava a mão na bunda e na xoxota dela, roçava meu pau em ambas e ainda via seus peitinhos dentro da blusa no espelho, mas quem disse que o meu pau subia? A gente sabe que isso é normal com o pó, ainda mais junto com álcool, mas, de qualquer jeito, é chato. Pessoalmente eu não me importaria tanto, pois gosto de passar a mão em bunda e xoxota, seio, roçar em tudo, mesmo de pau mole, só por diletantismo, e no dia seguinte tenho a cena bem gravada na cabeça e fico excitadíssimo e posso comer quem estiver por perto, minha namorada com a amante dela junto ou até minha mulher. Isso se ela estivesse no Rio, é claro. O problema são os outros, pois, a essa altura, a garota já pode ter espalhado coisas por aí. Talvez eu acabasse conversando sobre isso com a Ana Flávia em Gstaad; excitava ela com o suíço ou algo semelhante e ela também me excitaria se revelasse tudo o que está acontecendo lá, não sei por que isso acontece, mas é assim, o sexo é uma coisa complicada, você não acha?

— Acho, mas agora, se você me der licença...

— Porra, cara, espera aí. Logo agora que eu estava botando a cabeça no lugar, me abrindo com você, e o meu pau está dando ligeiros sinais de vida. Pensei até em pedir a alguém um Viagra, que também andou rolando no amigo-oculto, mas tenho vergonha, e medo de tanta mistura, já estou com quarenta e um anos e minha vida é a maior lenha. Porra, cara, meu pau está querendo subir, daqui a pouco posso voltar à festa. Não quero nada demais, só pular de pau duro na piscina para todo mundo ver. Peru de Natal aqui é pra valer. Mas, se você quiser, dou uma investigada nessa sua Darlene, vai ver foi por causa dela que meu pau reagiu. Agora estou interessado nela pessoalmente, acho bonita uma paixão assim doentia como a de vocês. Ameaças de suicídio, essas coisas. Eu não sou mais capaz disso. Então vamos fazer o seguinte: você me deixa seu telefone que

eu te ligo, ou então insisto para a tal Darlene te ligar, se eu achar ela. Se eu me esquecer, você liga para mim, certo? Manda chamar o Marco Aurélio. Não, Marquinho é melhor, aqui todo mundo me conhece assim. Mas vamos lá, qual é o teu telefone? — tem caneta e papel aqui na escrivaninha do Robert.
— Meu amigo, você está se perdendo, não há razão para eu lhe dar meu telefone.
— Cara, você está escondendo o jogo. Estou desconfiado que essa Darlene tem uma dessas xoxotas sugadoras que são uma raridade e uma preciosidade, para você ficar tão preocupado assim. Mas se ela tiver, meu camarada, você vai ter que ser mais compreensivo e dividi-la, pois todos os homens amam uma xoxota sugadora, podem até se separar dela, mas nunca esquecê-la. Para sempre.
— Acabou?
— Acabei. Por quê?
— Porque chega de besteira. A Darlene que estou procurando é outra. Uma comerciária humilde, feiosa, sozinha, desesperada, querendo se matar na noite de Natal, aparentemente por causa de uma gravidez, mas desconfio que mais por causa da solidão. Ela discou meu número por acaso, querendo falar com qualquer um, pedindo ajuda. Pelo menos foi o que ela disse. E, a essa altura, depois do tempo que gastei com você, ela já pode estar morta, num apartamento acanhado, de fundos, em Copacabana, ou então na rua, onde se jogou.
— Pode ser coincidência, mas aqui também é Copacabana. Mas não tem nada acanhado nem de fundos, só se forem os quartos das empregadas. É incrível como ainda se pode morar bem na avenida Atlântica, ainda mais que o Robert subornou a prefeitura e construiu aquele terceiro andar ilegal com o terraço e a piscina. Mas vou pedir à Carmem Sílvia para verificar se todas as empregadas estão a postos; se nenhuma pulou sem nin-

guém ver, mas sou capaz de apostar que estão todas bem. E mesmo uma convidada, se tiver pulado dos fundos, é só ir lá verificar. Se tivesse pulado da frente, alguém teria visto. Quem sabe não é alguma ex sua fazendo o maior teatro?, as mulheres são todas umas artistas. Tem gente aqui que fumou haxixe do Marrocos e não se pode confiar em haxixe, as pessoas podem ter alucinações e às vezes ficam paranoicas, deprimidas. Alguma maconheira dessas deve ter vindo até aqui o escritório do Robert e ligado para você; pode até ter escolhido o seu número por acaso, mas desconfio que aí tem coisa. E será que ela está mesmo grávida? Pode ser mentira ou gravidez psicológica. Com esse haxixe do Marrocos é capaz de uma mulher até achar que teve um filho. Mas suponhamos que seja verdade, como pode saber que o filho é teu? Bom, do Robert eu tenho quase certeza que não é, pois ele não comeria uma moça, ainda mais humilde, sem tomar todas as precauções, a menos que uma xoxota sugadora tivesse feito ele perder o juízo. Mas tem mistério aí, e eu, se fosse você, não ia aceitando essa história de suicídio e gravidez sem mais nem menos. Exigia teste de paternidade e tudo, com esse negócio de DNA ficou moleza. Está vendo? Quem está dando uma de conselheiro agora sou eu, mas não se preocupe que isso me faz bem. O egoísmo é uma prisão, cara, estou enxergando isso graças a você.

— Mas que paternidade, será que você também é louco? Só mantive contato com a moça pelo telefone. Vai ver ela deu também por acaso o número do Robert. Ou então, não; já não sei mais nada. Mas ela parecia transtornada e pode ter errado um número. E o suposto pai é um traficante, ela mesma confessou, e o cara sumiu.

— Qual é o nome dele? Talvez eu já tenha ouvido falar.

— Eriberto, mas é traficante de remédios, ao que parece. E não sei por que estou contando isso a você; a Darlene de quem

estou falando não caberia nessa festa nem como doméstica, acho. Porque agora não tenho mais certeza de nada e já perdemos tempo demais; se ela queria mesmo se matar, já se matou.
— Se tivesse vindo aqui não se mataria, tenho certeza. Pelo menos antes da festa acabar. Inclusive ela poderia resolver o problema dela, pois tem, no mínimo, dois ginecologistas aqui. São caros pra caralho, mas, dependendo da moça... Aliás, agora tive uma ideia. Encontra essa Darlene de qualquer jeito, vai ver ela só errou um número ou dois do telefone que te deu e você vai por tentativas, trocando um ou outro número. Ou vai ver foi você quem anotou errado. Mas venham os dois para cá, vou falar com o Robert. Se ele não conhece a Darlene, vai querer conhecer quando eu explicar pra ele o significado das primeiras letras do nome dela e disser que ela tem uma xoxota sugadora, ele vai adorar. O endereço é avenida Atlântica, mil setecentos e alguma coisa. Perto do Copacabana Palace. Me chama pelo interfone, ou o Robert, mas não esqueça de mencionar a Darlene, ponha ela na linha, qualquer coisa assim, porque aí não tem jeito de a gente se esquecer. E você? Qual é mesmo o seu nome?
— Epifânio. Epifânio Gonzalez.
— Porra, cara, estou otimista. Um casal com os nomes de Epifânio e Darlene tem tudo para dar certo, nasceram um para o outro, principalmente se ela tiver uma xoxota sugadora, aí é paixão mortífera, apesar de as mulheres com xoxota sugadora terem uma certa tendência a ficar histéricas por qualquer coisinha, pois só querem pau o tempo inteiro. É isso, será que você ainda não sacou? Elas só querem foder e foder e, de vez em quando, fodem a si próprias, acho que Freud já explicou isso, li numa revista no dentista. Esse negócio de amor açucarado só existe em filme. Na vida real é pau de rosca e xoxota sugadora. Quando falei com a minha mulher um dia sobre esse tipo de xoxota, ela quase ficou louca e tentou de tudo para ter uma: aula de io-

ga, sexólogo, o caralho a quatro. Tudo inútil, embora ela tente fingir que tem a xoxota sugadora. Mas você sabe tanto quanto eu que a xoxota sugadora funciona *per se*, independente da vontade da dona; é um tesouro, um dom da natureza, uma graça divina. Agora uma coisinha, hein? Você pode não ser o pai da criança, se houver criança, mas que Epifânio Gonzalez é nome de traficante, é, e, se você for, não tem problema, é só trazer um presentinho que será recebido com honras de chefe de Estado. Mas não deixe de trazer também a Darlene, todo mundo vai adorar vocês.

— Meu amigo, não quero perder a paciência com você, pois fui eu quem telefonou e não tenho esse direito. Mas meu nome vem de *epifania*, do grego e do latim, e quer dizer "aparição ou manifestação divina". (*Sarcasticamente*.) Quem sabe Deus não estará me usando para iluminar você um pouquinho?

— Já iluminou, cara, já iluminou. De fato teu nome tem tudo a ver com o Natal. E o que você acha que estamos fazendo aqui? Estamos antecipando, em noventa e oito, o Natal do ano dois mil, o Natal do Anticristo. Pois chegamos à conclusão de que Cristo está muito velho e resolvemos comemorar o nascimento do Anticristo. E você perdeu, cara, uma cena belíssima. Alguém da turma dos mais velhos, o pessoal do Isordil, que nem vai ver direito o século vinte e um, comentou que este século começou e terminou com o Frank Sinatra. Então é claro que puseram para tocar um disco do Sinatra e você precisava ver o Robert de smoking e com aquela venda negra num dos olhos, e a Carmem Sílvia, de longo branco, dançando "Strangers in the night" no terraço. Foi a cena mais bonita que já vi em minha vida, igual a um filme, pois eles são lindos e foi impressionante, porque, pensando bem, somos todos estranhos na noite, inclusive você e a Darlene. Fala com ela para não ser tão dramática. E sabe o que aconteceu? Todo mundo ficou em silêncio, hipnotizado, pois teve até efeitos especiais, com os raios e trovões começando, os relâmpagos iluminando o oceano até a linha do horizonte, e quando a música acabou puseram de novo, e quando terminou outra vez, todo mundo aplaudiu o Robert e a Carmem Sílvia, e sabe o que eles fizeram? Se curvaram para agradecer e depois disseram para todo mundo ficar à vontade e se retiraram do terraço e sumiram dentro do apartamento, como se estivessem saindo de cena numa peça de teatro, mas todo mundo teve certeza do que eles foram fazer. Eles foram fazer amor, é claro, não dá para usar outra expressão para uma trepada tão elegante assim. Foi arrepiante e até dá para entender, porque eles já estão juntos há uns doze anos, passando por cima de todas infelicidades e infidelidades do casamento. Você já pensou?, quase na passagem de vinte e quatro para vinte e cinco, enquanto lá em cima o pessoal começava a cair na farra no meio da tempestade, eles estavam um dentro da outra, sussurrando "Je t'aime", "mon amour", etcétera e tal, não sei muito bem francês. Mas classe é classe, e nem todo mundo tem, e bastou os anfitriões sumirem por um tempo para a festa descambar, e uma turminha de bêbados começou a contar "Jingle hell, jingle hell, jingle all the way", pois, a essa altura, já começara a se espalhar que esse era o Natal do Anticristo, o próprio Papai Noel confirmou isso, com um pequeno discurso, na hora de começar a distribuir os presentes dos amigos-ocultos. E teve gente que até falou em Natal do Apocalipse. Está me ouvindo?

— Estou.

— É que você fica aí em silêncio, mas tudo bem, deixa eu aproveitar para cheirar uma última carreirinha. Isso: uma narina... e depois... a outra. Onde é mesmo que eu estava? Ah, o cara que estava vestido de Papai Noel resolveu antecipar a distribuição porque os presentes tinham sido trazidos para o terraço e logo, logo, ia chover. E aí teve de tudo, de amigo-oculto: caixa de lança-perfume, cocaína, vibrador, disco bom, disco brega, roupa íntima, Viagra, o caralho, até livro e gravata. E olha, amigo, quando eu falo caralho quero dizer caralho mesmo, porque o cara fantasiado de Papai Noel, quando começaram a cair os primeiros pingos de chuva, resolveu acabar com a distribuição dos presentes e disse que cada um pegasse o seu. Depois arriou as calças e balançou o dito caralho, dizendo que aquele era o presente dele para todos nós, a sua árvore de Natal, com bolas e tudo, ha, ha, ha. A maior parte do pessoal se refugiou no salão do terceiro andar, inclusive eu, porque o meu presente era perecível, mas o pessoal que ficou lá fora, a gente podia ver da entrada para o terraço, começou a se molhar. E seios, calcinhas e bundas começaram a aparecer debaixo das roupas brancas, e o cara que ganhou a gravata tirou a roupa dizendo que ia ficar vestido só com o presente e pulou na piscina. Minha namorada logo o seguiu e ainda bem que a lésbica foi junto, evitando que alguém se metesse a engraçadinho. Porque de mulher com mulher eu não sinto ciúme e também estava a fim de achar um banheiro desocupado, o que lá em cima era impossível. Nesse momento o Robert e a Carmem Sílvia voltavam do quarto, já com uma roupa mais esportiva — é incrível isso, trocarem de roupa no meio de uma festa —, e a Carmem Sílvia ficou um pouco chateada com a falta de compostura, mas o Robert a consolou com beijinhos nos olhos dela cheios de lágrimas e, diplomaticamente, bateu palmas e pediu para o pessoal que estava sem roupa botar a roupa e vir cear no segundo andar. Mas quanto ao Natal do Anticristo ele encampou na hora a ideia. Porra, cara, agora estou me lembrando: eu nem ceei e estou morrendo de fome. Mas antes deixa eu te contar por que o Robert gostou tanto da ideia do Natal do Anticristo.

Pequena pausa, e Marquinho aspira fundo.

— Não sei se você sabe, ele é o Robert Delaye, aquele fotógrafo que ficou famoso fazendo cartões-postais de acontecimentos históricos, que venderam aos montes, principalmente para os turistas que tinham sido apanhados numa arapuca histórica ou geográfica qualquer: guerra, golpe de Estado, atentado terrorista, terremoto, grandes incêndios, e se sentiam heróis ao mandar aqueles postais para os amigos, às vezes até personalizados, com fotografias deles no meio dos cadáveres e escombros. Tem gente que acha que o mundo atual não é legal; pois eu acho o máximo. Por exemplo: estou falando com você cercado de fotografias e suvenires do mundo inteiro nas paredes, inclusive um véu de mulher islâmica. Numa dessas o Robert levou uma rajada de metralhadora de um miliciano cristão lá em Beirute, só de sacanagem, e quase se ferrou pra valer, fez uma porrada de cirurgias, perdeu um olho, etcétera, mas quando teve alta, teve também uma surpresa: as mulheres passaram a gostar dele muito mais com aquela venda negra no olho e as cicatrizes de bala no corpo e, sem gozação, a Carmem Sílvia se apaixonou por ele à primeira vista num restaurante em Paris. E os franceses, você sabe, gostam das brasileiras, ainda mais se são morenas, lindas, gostosas e riquíssimas como a Carmem Sílvia. Mas é natural que, depois do que aconteceu com ele, ele não tenha muita simpatia por Cristo. O Robert tem uma teoria que ele considera absolutamente comprovada pela História, de que os religiosos são muito mais cruéis e prejudiciais à humanidade que os ateus, que só querem aproveitar a vida. E quem aproveita a vida não quer ver a caveira de ninguém. Esqueci de dizer também que o Robert tem uma bala na cabeça, que não dá para extrair, senão ele pode morrer ou ficar maluco, dizem os médicos.

— Sabe, Marquinho, estou desconfiado que o seu caso, no fundo, é o Robert.

— Olha, cara, vou te confessar uma coisa. Já me comeram uma vez numa suruba, há muito tempo, antes desse negócio de aids se espalhar, e não gostei nem um pouco. Aliás, o cara aproveitou que eu estava comendo uma mulher — era a mulher dele, está certo, mas pra que levar ela numa suruba? — e me enrabou. Esse é outro conselho que eu te dou: nunca dê sopa com a sua bunda numa suruba, ainda mais se estiver bêbado. No momento eu entendi aquilo como parte da coisa, mas depois que eu gozei, sabe o que fiz? Esfaqueei o cara. Mas ele sobreviveu e não deu queixa à polícia, é claro, porque a publicidade não era boa para ninguém, convenhamos. E para você não bancar mais o engraçadinho comigo, vou avisando que luto jiu-jítsu e se me der na telha jogo você e a tua Darlene pela borda do terraço. Não, não; tenho uma ideia melhor: vou achar a tua Darlene e comer ela na festa e depois te telefono para dizer o que achei. Então para com essa frescura e me dá logo o seu telefone.

— Eu vou desligar, Marquinho, mas antes vou lhe dizer uma coisa. Vocês são as pessoas mais repugnantes de que já ouvi falar em toda a minha vida. A pobre moça lá, desesperada, e, a essa altura, pode ter usado suas últimas forças para se arrastar até a janela e pular. E agora deve estar caída na calçada, no meio da chuva e cercada de mendigos encharcados. Enquanto isso, vocês aí nesse deboche todo. Mas um dia você vai ver, eles vão descer da favela, uns, e subir da rua, os outros, para invadir os apartamentos de vocês. Aí você vai ver o que é xoxota sugadora. É a grande boca da morte.

— Porra, cara estou achando que você é um desses marxistas (*ele pronuncia o "x" como em Xisto*). Isso já saiu da moda, mas você me deu uma boa ideia. Comida é o que menos falta aqui. Vou voltar para a festa e sugerir ao pessoal que atire os restos na calçada para a turma lá de baixo. O Natal do Anticristo para os pobres. Roma, hoje, vai pegar fogo outra vez, ha, ha, ha.

— Quem falou em Apocalipse estava certo. Vocês são a própria nau dos insensatos rumo ao Apocalipse. Na Bíblia está escrito que o Anticristo virá no fim dos tempos. Vocês me fizeram acreditar em Deus, no céu e no inferno, pelo método contrário; me converteram. Porque vai chegar um dia em que os mendigos lá de baixo resplandecerão junto com a pobre Darlene e estarão sentados ao lado de Deus, enquanto vocês, repletos de chagas, estarão remando como galés na nau dos insensatos num mar de lama e de fogo, para afundar nos próprios excrementos.

— Cara, agora te saquei de vez. Você é um desses crentes furibundos. Mas venha aqui assim mesmo e faça esse discurso para o pessoal ouvir, mas com a Darlene ao lado. É o que faltava ao Natal do Anticristo: um crente e ainda por cima comunista. Mas se você encher demais o saco periga de o pessoal te jogar pela amurada do terraço e traçar a tua Darlene. Viu, seu merda? Além do mais, quer saber de uma coisa? Já perdi tempo demais com você. Vá tomar no olho do cu.

Telefone desligado por Marquinho.

Epifânio, olhando para o fone em sua mão, antes de pô-lo no gancho:

— Meu Deus, meu Deus.

PARTE 3
Drama e melodrama

Telefone que toca em um apartamento à rua Cândido Mendes, na Glória, por volta de dez horas da manhã de sábado, 26 de dezembro de 1998. Um homem atende com voz baixa, suave, cautelosa:
— Sim?
Voz masculina:
— Senhor Afrânio Gonzaga?
— Quem deseja falar, por favor?
— Pode parar com a encenação, Gorila, nós o pegamos. Você foi otário e burro e nem foi preciso rastrear seu número. Bastou consultar a lista telefônica.
— O senhor está me ofendendo e vou desligar. Não tenho a menor ideia do que está falando.
— Desliga, Gorila, se você for capaz, antes de ouvir tudo o que tenho a lhe dizer.
Silêncio.
— É assim que eu gosto, Gorila. Bem mansinho.
— Olha, deve haver algum engano e exijo explicações.

— Elementar, Gorila, elementar. Epifânio Gonzalez, Afrânio Gonzaga. Cheguei a ligar para um Ernani Gonçalves, mas ele não tinha o seu perfil. Uma criança atendeu e logo uma jovem mulher tomou de sua mão o telefone, e desliguei. Sabe de uma coisa, Gorila? Estou até achando que você deixou rastros porque, no fundo, queria ser descoberto. Aliás, Epifânio Gonzalez é o nome de um juiz de futebol paraguaio.

— Senhor, não acompanho futebol e continuo a não saber do que está falando. Mas por que o tal Gorila desejaria ser descoberto?

— Vaidade, Gorila. Talvez, inconscientemente, você estivesse cansado do anonimato e quisesse ver reconhecido o seu estilo. Agora está reconhecido, seu Afrânio. Meus parabéns.

— O senhor poderia se identificar, por favor?

— Ah, essa é muito boa. O Gorila pedindo a alguém para se identificar. E se eu disser que estou trabalhando para alguém?

— O senhor é detetive particular?

— Posso ser, Gorila.

— Agora quem diz *elementar* sou eu. Foi o marido da Amanda quem andou me ameaçando. Não, espera aí, eu não cheguei a dar o nome Epifânio para o marido da Amanda. Ah, já sei, você é o Souza, marido da Lucrécia, ou trabalha para ele. Quem sabe o Jorge, que a Lucrécia me disse que era um ator? Seja lá quem for, quero que saiba que, se liguei para a Lucrécia, foi apenas por achar seu nome raro e bonito. Não passou de uma brincadeira inocente e não desrespeitei aquela senhora em momento algum.

— Aquela senhora, essa é ótima, Gorila. Mas saiba que acabou de fazer uma confissão gravada de que andou aprontando também com essa gente.

— Meu Deus do céu, é óbvio. Como foi que eu não pensei logo nisso? A Darlene. Aquela vigarista da Darlene foi obra de vocês.

— Darlene? Quem é Darlene? Mais uma de suas vítimas?
— Não se faça de bobo. Uma mulher que não conheço, e disse se chamar Darlene, ligou para cá anteontem, em plena véspera de Natal. Fingiu estar desesperada, ameaçando se matar, e disse que discou um número ao acaso, para pedir ajuda. Não acreditei muito, mas, por via das dúvidas, fiz o que pude para demovê-la do seu intento, você deve saber disso muito bem.
— E o que mais eu devo saber, Gorila?
— Que a tal Darlene me forneceu um número telefônico. Sei-o até de cor: dois-um-quatro-três-sete-cinco-oito. Preocupado, depois que ela simulou um suicídio pelo telefone, afirmando ter tomado um monte de soníferos, liguei para esse número e era o de um apartamento de luxo em Copacabana, onde se comemorava nem preciso dizer a você o quê.
— Sinto muito, Gorila, mas acho que precisa.
— Ora, não seja cínico. O Natal do Anticristo, uma verdadeira orgia, com todos os tipos de drogas. Posso até ser o Gorila, mas fiquei chocado. E o Robert (*pronúncia francesa*) e a Carmem Sílvia só podem ser amigos de vocês. De você, de seus clientes, se houver mesmo clientes, e da tal Darlene, seja lá quem ela for. Não me admiraria nem um pouco que tenham estado nessa festa. "Strangers in the night", Papai Noel com o pau de fora, cocaína de amigo secreto, haxixe do Marrocos, o que você tem a me dizer sobre isso? Quem me entregou tudo foi o Marquinho, que vocês também devem conhecer. Um drogado, obcecado pela xoxota sugadora. Se vocês fizerem alguma coisa contra mim e eu abrir a boca para a polícia e a imprensa, não será boa publicidade para ninguém, convenhamos.
— Faça isso, Gorila, vá à polícia e convoque a imprensa. Você é mais louco do que eu pensava, mas isso não quer dizer que vamos deixar você escapar, pois pode ser um louco e um tarado perigoso. Natal do Anticristo, Papai Noel com o pau de

fora, xoxota sugadora, essa é muito boa. Só uma mente sórdida e ensandecida como a sua poderia imaginar tais coisas. Vai ver, até levou a tal Darlene ao suicídio.

O Gorila, exclamando para si próprio, mas sendo ouvido pelo outro:
— Meu Deus do céu, será que a Darlene era verdadeira?
— Só você pode saber, Gorila. E, se tiver culpa na morte dela, sua situação vai se complicar ainda mais. Adeus, Gorila, logo você ouvirá falar de nós. O castigo virá, você não saberá de onde nem quando. O feitiço virou contra o feiticeiro.

*

Dez e meia da manhã do mesmo sábado, 26 de dezembro.
— Alô?
— O Gorila, Rosalinda.
— Gorila, por favor, hoje não.
— Estou desesperado, Rosalinda. O cão está mordendo.
— O quê?!
— Você disse, outro dia, que cão que ladra não morde, mas, desta vez, tem um que está ladrando e prestes a morder.
— Eu também o aconselhei a dar um tempo, Gorila.
— Eu estava começando a dar, Rosalinda. Até joguei fora uma fita com uma gravação do Gorila. Mas coisas estranhas estão acontecendo. Telefonemas.
— Quanto a isso, vindo de você, não me admira nem um pouco. Mas me liga outro dia, está bem? As festas de Natal acabaram comigo.
— Foi à ceia do Robert (*pronúncia francesa*) e da Carmem Sílvia?
— Ficou louco? Não conheço nenhum... Como é mesmo o nome dele?

— Robert. Um francês. Mas eu só queria verificar se foi você ou alguma amiga sua.

— Eu o quê, Gorila?

— Quem me telefonou na véspera de Natal, dando o nome de Darlene. E depois deu o número do Robert, dizendo que era o dela.

— Meu anjo, eu nem sei seu número.

— Sei lá, outro dia você falou em bina. Podia ter descoberto o meu telefone com um bina. Mas tem razão, besteira minha.

— Gorila, você está desvairado. Por que não me dá logo o seu número e acaba com esse mistério todo? E aí, depois, quando eu estiver legal, eu ligo para você. Mas te adianto que não tenho nada a ver com essa Darlene.

— É pena.

— Pena por quê, Gorila?

— Porque, não sendo você ou alguma amiga sua, ela pode estar morta.

— Morta como, Gorila? Assim você me assusta.

— Ela, que disse se chamar Darlene, e talvez se chamasse mesmo, também disse que ligou um número ao acaso, para qualquer um, a fim de pedir ajuda. Ameaçava se suicidar e talvez tenha se suicidado de verdade, quem poderá saber?

Rosalinda dá uma risada um tanto nervosa, impaciente.

— E você caiu nessa história? Logo você, o Gorila, o maior passador de trotes do Rio de Janeiro.

— Tomara que você esteja certa, Rosalinda. Mas é essa a ideia que você faz de mim: passador de trotes? O que eu passo — aliás, passava — não é bem trote, Rosalinda. E temo que o telefonema da Darlene também não tenha sido.

— Tudo bem, Gorila. Como você quiser. Mas agora chega. Não tenho nada a ver com os seus casos telefônicos escabrosos e vou desligar. E não adianta você ligar outra vez, porque vou tirar o som do aparelho e não vou atender de jeito nenhum.

— Pode desligar, Rosalinda, mas não antes da pergunta que tenho a lhe fazer. E, depois que eu a fizer, duvido você desligar.

Silêncio.

— Já ouviu falar em xoxota sugadora, Rosalinda?

— O quê? — Ela ri nervosamente. — Será que ouvi direito?

— Ouviu, Rosalinda. É isso mesmo. Um tal de Marquinho, que estava na festa do Robert, não parava de falar na xoxota sugadora. É uma obsessão dele, que agora também não me sai da cabeça, apesar de todos os meus problemas.

Ela dá outra risada, nervosa, forçada.

— Não, não pode ser verdade. Eu ainda devo estar bêbada das festas, é isso, e você está querendo gozar a minha cara.

— Não, é sério, Rosalinda. E o Marquinho disse mais ainda. Disse que as mulheres que têm uma xoxota sugadora são uma raridade e uma preciosidade. Um homem não se esquece delas jamais.

Silêncio, e depois:

— Meu Deus, será que foi por isso?

— Por isso o quê, Rosalinda?

— Que eu perdi alguns homens. Porque eu não tenho uma... Não, não vou falar.

— Esqueça isso, Rosalinda. Deve ser bobagem do Marquinho. Ele estava bêbado e drogado.

— Vem cá, afinal você estava na tal festa, para saber dessas coisas todas?

— Não, foi tudo pelo telefone. Quando liguei para o número que a Darlene me forneceu, para saber se ela estava bem, atendeu o tal Marquinho, em plena festa do Robert e da Carmem Sílvia. Uma verdadeira orgia de Natal.

Nova pausa, e depois:

— Você saberia reconhecer uma, Gorila?

— Uma xoxota sugadora, você quer dizer?

— Isso.
— Não sei, nunca deparei com uma. Nem sei se existe. Por isso eu queria saber de você, uma mulher experimentada. Na verdade, esse negócio de xoxota sugadora até me intimida um pouco, me dá um certo arrepio. Parece-me uma grande gruta, abissal e devoradora. De todo modo, obrigado, Rosalinda.
— Meu Deus, a louca só pode ser eu. Quer saber de uma coisa, Gorila? Não me ligue mais. Nunca mais, está me ouvindo? Mulher experimentada é a puta que o pariu.

*

Telefone que toca, toca, sem resposta, às nove horas da noite do mesmo sábado, num apartamento modesto no Meier. E quando aquele que fez a ligação vai desistir, Lucineide atende, com voz langorosa:
— Alô?
Ele, muito levemente alcoolizado, como quem tomou uma dose de alguma bebida.
— Lucineide, que bom que você atendeu. Estou precisando ouvir uma voz amiga.
Ela, sussurrando:
— Gorila, hoje não posso falar, me desculpe. Estou com visita, entende?
Ele, também sussurrando, contagiado pela tom de voz dela:
— Que pena, logo hoje que eu ia lhe falar sobre a xoxota sugadora.
Ela, elevando e logo baixando a voz:
— O quê, Gorila?
— Isso mesmo que você ouviu. A xoxota sugadora. Uma gruta mágica, um abismo celestial, guardando um tesouro em seu interior.

Ela, voltando a sussurrar:

— Amanhã você me conta mais, está bem, Gorila? Estou louca para saber, mas hoje não posso, ouviu, querido? Tchau, Gorila. E feliz Natal, mesmo atrasado.

*

Dez horas da noite.
— Alô?
— Ariosto? Não precisa ter medo, Ariosto. Quero estar em paz com todos, pedir desculpas por minhas brincadeiras. Talvez elas tenham sido um pouquinho cruéis.

Voz de uma mulher, que tomou o telefone, ou fala de uma extensão:

— Olha, Gorila, se você incomodar mais uma vez o meu marido, vai se haver comigo pessoalmente. Aliás, você não perde por esperar.

— Minha senhora, calma, eu não quero incomodar ninguém. Qual é o nome da senhora?

— Não tem nome nem sobrenome. E você já foi avisado.

— Por favor, senhora. Se foi algum conhecido da senhora quem ligou...

Telefone desligado por ela.

*

Domingo, 27 de dezembro, três da tarde.

"Quem fala aqui é Cíntia. No momento não posso atender. Por favor deixe o seu recado que ligarei assim que puder."

— Venho me despedir, Cíntia querida. O Gorila está sofrendo um cerco impiedoso e deverá se retirar. Mas antes quero que você me perdoe, se fui tantas vezes impetuoso, encora-

jado por seu silêncio, Cíntia, que o Gorila gostava de fantasiar como a acolhida de uma mulher tímida, mas receptiva. E peço que você acolha também este adeus como uma prova de...
Voz feminina:
— Senhor, não desligue, por favor.
— Cíntia? Será possível: Cíntia?
— Senhor, lamento informar que Cíntia faleceu há cerca de um mês, vítima de um câncer que a vinha consumindo há tempos.
— Não posso acreditar. Cíntia morta? Quem está falando, então?
— Celeste, a cunhada dela. Sou casada com Otávio, irmão de Cíntia. Estou aqui no apartamento para fazer uma arrumação, organizar os pertences da falecida: o que deve ser guardado, o que deve ser jogado fora.
— Mas, e os meus telefonemas? Por que não me avisaram? Por que não retiraram a mensagem com a voz de Cíntia da secretária?
— Não sei, não pensamos nisso. Talvez porque a voz era uma lembrança viva dela. E podia haver algum recado importante. Mas, no seu último telefonema, você deve se lembrar, o telefone foi atendido. Foi atendido por mim e fiquei em silêncio. Quase revelei tudo, mas me doía desfazer sua doce ilusão. Mas hoje, como você disse que era a última vez...
— Meu Deus, cheguei a deixar recados para Cíntia morta. Como poderei ser desculpado?
Ela, com um risinho:
— Eu os ouvi. Não tem importância, ela teria ficado contente, ou, quem sabe, terá ficado, se existir um lugar... depois. Eu não creio muito, mas... sabe lá? Olha aqui, Gorila, posso chamá-lo assim, não? Seja lá quem você for, quando Cíntia não estava sob o efeito de sedativos, gostava de ouvir os seus recados.

Nos primeiros telefonemas, quando meu marido soube deles, quis reagir, mas Cíntia pediu que não. Ela até pediu que aumentássemos o tempo na fita, para as gravações. E ouvia as suas mensagens mais de uma vez e as acolhia, sim, como se estivesse sendo amada e desejada.

— E estava, dona Celeste; e estava, pode ter certeza.

— E você pode ter certeza de que era aceito, talvez correspondido, Gorila. Mesmo sem conhecê-lo pessoalmente, ela enxergava, atrás desse apelido, um homem solitário, sensível e afetuoso.

— E sou, dona Celeste. A senhora não sabe a alegria que isso me dá, desculpe-me dizer isso, com Cíntia morta. Mas meu nome é Afrânio, não vejo mais por que escondê-lo.

— Não, por favor. Todos nos acostumamos a Gorila, até a enfermeira de Cíntia. Você conseguia fazer Cíntia sorrir, Gorila.

Ele, com a voz embargada:

— E ela não tinha marido, filhos?

— Não. Estava separada fazia muito tempo. O casamento não foi bom e não tiveram filhos.

— Uma história parecida com a minha. Eu também sou divorciado e não tive filhos. Mas por que ela nunca falou comigo?

— Estava muito enfraquecida, sua voz era débil, e Cíntia não queria que você soubesse de sua doença e se afastasse. O câncer era num dos seios, e Cíntia sofreu uma mastectomia, o que não impediu a metástase.

— Posso saber quantos anos tinha ela?

— Trinta e cinco, apenas. A vida pode ser muito cruel.

— Cruel e bela, Celeste. Eu teria continuado a amar Cíntia assim mesmo, creio até que mais. E também eu tenho lá os meus problemas físicos, Celeste, e quem sabe Cíntia passaria por cima deles?

— Posso saber quais são esses problemas, Gorila?

— Prefiro não entrar em detalhes, Celeste, mas é algo com os dentes.

— Ora, que bobagem. Tenho certeza de que a Cíntia não se importaria. Para confirmar isso, basta eu lhe transmitir uma última mensagem dela para nós todos. Ela disse que, se houver um lugar para onde vão os mortos; um lugar onde habitam as almas indestrutíveis, sem as mazelas do corpo, quem sabe não nos encontraremos todos lá? E ela devia incluí-lo em seus pensamentos, pois disse isso logo depois de ouvir palavras suas. E não demorou a pedir que não mais prolongássemos a sua vida.

— Você não sabe como isso me deixa comovido e também confortado, Celeste. Quase não posso mais falar. Só gostaria de obter mais uma informação.

— Pergunte, por favor.

— Em que cemitério Cíntia foi enterrada?

— No Jardim da Luz. Mas também eu gostaria de uma informação. Como você chegou ao telefone de Cíntia? Você a conheceu ou viu em algum lugar?

— Não, Celeste, foi por mero acaso. Estava dando uns telefonemas e deparei com aquela voz suave, melodiosa, delicada, numa secretária eletrônica. É natural que o Gorila goste de mulheres delicadas, você não acha?

— Se você está dizendo, é porque deve ser.

— E é. Então comecei a ligar e me impressionava que ela nunca atendesse de viva voz. Apaixonei-me por uma voz numa secretária eletrônica, você pode entender isso? Uma voz angelical.

— Acho que posso, Gorila. É uma bonita história.

— Você também é uma pessoa muito bonita, Celeste, a começar pelo seu nome. Já refletiu bem sobre o seu nome? Celeste! A beleza e o significado dele.

Ela, mal segurando o riso:

— Por favor, Gorila, comigo não. Não sei se Cíntia gostaria.

— Então adeus, Celeste. Tudo de bom para você.
— Para você também, Gorila. Fica com Deus.

Ele, ao desligar o telefone, num assomo de júbilo, entre lágrimas:

— Céus, amei e amo uma morta. E ainda por cima fui e sou correspondido. Paixão assim nem o Álvares de Azevedo.

No outro apartamento, após Celeste desligar o telefone, Otávio, que ouvira tudo numa extensão móvel, deitado numa cama, diz:

— Vem.
— Na cama da sua irmã?
— Por alguma razão tudo isso me excita, essa história toda.

Ela, deitando-se na cama:

— Você não presta, hein?

VARIANTE COM CÍNTIA VIVA,
FINGINDO-SE DE CELESTE

— ... e me impressionava que ela nunca atendesse de viva voz. Apaixonei-me por uma voz numa secretária eletrônica, você pode entender isso? Uma voz angelical.
— Acho que posso, Gorila, é uma bonita história.
— Você também é uma pessoa muito bonita, Celeste, a começar pelo seu nome. Já refletiu bem sobre o seu nome? Celeste! A beleza e o significado dele.

Ela, mal segurando o riso:

— Por favor, Gorila, comigo não. Não sei se Cíntia gostaria.
— Então adeus, Celeste. Tudo de bom para você.
— Para você também, Gorila. Fica com Deus.

Ele, ao desligar o telefone, num assomo de júbilo, entre lágrimas:

— Céus, amei e amo uma morta. E ainda por cima fui e sou correspondido. Paixão assim nem o Álvares de Azevedo.

No outro apartamento, após Cíntia desligar o telefone, o seu namorado recente, Otávio, que ouvira tudo numa extensão móvel, deitado numa cama, diz:
— Idiota.
Ela:
— Está satisfeito, agora?
— Estou, vem.
Ela, com uma risada:
— Na cama da defunta?
— Por alguma razão, tudo isso me excita, Cíntia, essa história toda.
— Cíntia não, diga Celeste, pois mudar de nome também me excita. Ou você prefere Darlene?
— Prefiro Celeste, é mais angelical. Aquele idiota jamais pensou que pudéssemos instalar um bina no telefone. E ligar para ele. (*Dando uma gargalhada.*) Aliás, nós não, a Darlene. Você é uma artista.
— Mas bem que ele falou em Cíntia quando atendeu o telefone. Em Cíntia e na mãezinha.

*

REPORTAGEM ASSINADA NO JORNAL POPULAR *FLAGRANTE*, DE QUARTA-FEIRA, 30 DE DEZEMBRO DE 1998

Suicida deixa misteriosas mensagens em apartamento na Glória

EUCLIDES CARNEIRO

Sou o Gorila. Sigo o caminho daquela cujo nome prefiro guardar

Esse misterioso bilhete estava sobre a mesa de cabeceira do ex-dublador de filmes e funcionário aposentado da Justiça do Trabalho, Afrânio Torres Gonzaga, 55 anos, divorciado, cujo corpo, impecavelmente vestido com um terno cinza, camisa social branca, gravata azul, meias e sapatos pretos, foi encontrado ontem, às 9 horas da manhã, estendido em sua cama, pela empregada diarista Conceição Maria da Silva, 38 anos, no apartamento 407 do Edifício República, à rua Cândido Mendes, 35, na Glória. Espalhadas ao redor do corpo, quatro caixas vazias do tranquilizante Valium, 10mg, e, caída no chão, uma garrafa de plástico de água mineral, cheia até a metade.

Pagou o próprio enterro e vestiu-se para a ocasião

Segundo o Delegado de Plantão na 9ª Delegacia Policial, no Catete, César Motta Chaves, que chegou ao Edifício República às 10 horas, acompanhado do detetive Gonçalo Silveira, está descartada, por todos os indícios encontrados no apartamento, embora se devam aguardar os procedimentos e laudos periciais, outra hipótese que não a de suicídio, apesar de o lacônico e intrigante bilhete não esclarecer bem as suas razões. Mas não há dúvidas de que a caligrafia utilizada nele é a mesma encontrada em outros papéis de Afrânio, alguns com sua assinatura por extenso, deixados em cima da mesa da sala junto com todos os seus documentos, com a intenção evidente de que fossem logo vistos e examinados. Entre esses documentos, além de uma carteira funcional da Justiça do Trabalho e outra de filiação ao Sindicato dos Dubladores do Rio de Janeiro, encontrava-se o título de propriedade de um túmulo individual no Cemitério Jardim da Luz, adquirido anteontem, 28 de dezembro, no qual foi grampeado o recibo de pagamento prévio, no valor de oitocentos reais, das despesas com o sepultamento do titular, a cargo da

Funerária Apostólica, da mesma empresa proprietária e administradora do cemitério. À mão, em letra miúda, mas da mesma pessoa que escreveu o bilhete de despedida, foi acrescentado o seguinte pedido: "Por obséquio, após a autópsia, não me enterrem sem os dentes e vistam-me com o mesmo traje com o qual eu for encontrado. Afrânio". Não esqueceu também o suicida de gratificar Conceição, deixando-lhe trezentos reais, equivalentes a cinco dias de trabalho, dentro de um envelope em que escreveu simplesmente isso: "Para Conceição".

Papéis queimados

Chamou a atenção dos policiais o fato de haver cinzas e um leve cheiro de papel carbonizado, numa bacia de lavar roupa, de metal, encontrada enegrecida na área de serviço do apartamento. Na despensa, a doméstica estranhou ver uma garrafa do uísque Natu Nobilis, pois, até onde Conceição podia saber, Afrânio não bebia, mas uma exceção poderia ter sido aberta para o Natal. Mais ou menos um terço do seu conteúdo fora consumido.

Em busca de papéis que Afrânio pudesse ter simplesmente jogado fora, o detetive Gonçalo desceu, acompanhado de Conceição e do porteiro Aldecir de Souza, até o local onde está instalada a lixeira do prédio. Ali, dentro de um saco plástico de lixo com capacidade para 20 litros idêntico aos usados na casa do morto, encontrou-se o recipiente para um litro de álcool e vários resíduos de papéis carbonizados, que foram recolhidos junto com o saco, mas não há quase nenhuma possibilidade de que o que estava escrito neles possa ser, ainda que parcialmente, reconstituído. Os achados mais consistentes, que o fogo não chegou a consumir de todo, foram as capas duras de uma agenda telefônica, que Conceição pôde reconhecer como idêntica à do patrão, e de uma pasta em cuja capa foi possível decifrar a inscrição: *Escritos e pensamentos do Gorila*. Num pedacinho de papel chamuscado, pôde-se ler a frase: *Mulher, oh mulheres*. Para os policiais não restam dúvidas de que Afrânio, entre outros papéis porventura queimados, fez questão de destruir a relação de pessoas com as quais costumava se comunicar, encontrando-se entre elas, provavelmente, alguém que poderia ajudar na elucidação das causas de seu suicídio e talvez até *aquela* cujos passos o autodenominado Gorila quis seguir. O detetive Gonçalo disse que somente mediante ordem judicial se poderia quebrar o sigilo telefônico do morto, relacionando os números para os quais Afrânio ligava ultimamente. Perguntado pelo repórter se considerava a hipótese de que Afrânio estivesse sendo ameaçado ou chantageado, o policial disse que nada permitia que se chegasse a tais conclusões.

Homem reservado, mas afável

Mesmo trabalhando havia mais de dois anos, às terças e sextas-feiras, para Afrânio, que lhe confiava uma chave do apartamento, a diarista Conceição disse que pouco sabia de sua vida: apenas que ele era um funcionário público aposentado, divorciado, sem filhos, e pessoa quieta, organizada com as suas coisas e gentil, mas de pouca conversa. Perguntada se ouvia o patrão falar com frequência ao telefone, disse que, na sua presença, quase nunca.

Também o porteiro Aldecir declarou que Afrânio era homem de hábitos discretos, que não costumava receber visitas, femininas ou masculinas, o que foi confirmado por outros moradores do prédio. Segundo os vizinhos, Afrânio era homem reservado, mas afável e, às vezes, podia-se ouvir música clássica vinda de seu apartamento, num volume que não incomodava ninguém. Permitindo-se ao repórter que subisse até lá, este pôde verificar que havia, na sala do apartamento, mais ou menos três dezenas de antigos LPs, todos de música clássica, bem-arrumados junto a um toca-discos de modelo já praticamente em desuso. Havia também um rádio, sintonizado na Rádio MEC, uma tevê e um gravador, sem nenhuma fita em seu interior. Ainda na sala, uma estante de porte médio mostrava que, além de música, Afrânio gostava de literatura. Num canto dessa estante, algumas fitas de vídeo, todas com etiquetas nas quais estava inscrito: ESQUADRÃO BROOKLYN.

Todos — empregada, porteiro, vizinhos — demonstraram espanto e alguns chegaram a rir, quando perguntados se sabiam se o morto tinha a alcunha de Gorila, pois Afrânio era magro, até mirrado, meio calvo, e se apresentava sempre bem barbeado, além de não exibir pelos que chamassem a atenção, em seus braços, ou mesmo no peito, segundo Conceição, que já pudera vê-lo de bermuda e sem camisa, em dias de muito calor. A essas características pode-se acrescentar, diante das instruções de Afrânio à funerária, que ele usava dentadura postiça.

Mas a verdade é que Afrânio não apenas se autodenominou Gorila em seu bilhete de despedida, como tal pseudônimo voltou a aparecer em dois outros escritos, inquestionavelmente seus, pela caligrafia, encontrados numa gaveta de sua escrivaninha, vazia a não ser por eles, o que adquire uma significação especial, tendo em vista a destruição meticulosa de outros escritos e a exposição ostensiva de documentos em cima da mesa. Como se Afrânio quisesse que aqueles textos da gaveta fossem *casualmente* achados e lidos, embora o autor definisse um deles ainda como um rascunho, mas sem deixar de apor nele sua indiscutível assinatura: *Gorila*. E pelo menos o pós-escrito traz a data do último domingo.

Com o misterioso título de "A posição transcendental", tal

texto é carregado de um erotismo um tanto místico e obscuro, mas que, certamente, contribuirá para reconstituir um pouco da personalidade de seu também enigmático autor. O outro escrito, apesar de não assinado, não deixa dúvidas quanto a seu gênero e autoria: *Poeminha livre do Gorila*.

A POSIÇÃO TRANSCENDENTAL
(rascunho de mensagem a ser transcrita com letrinhas recortadas de revistas e enviada em várias cópias pelo correio)

Na posição transcendental, homem e mulher experimentam momentos de verdadeira comunhão. Para tanto devem amar-se e desejar-se e, naturalmente, querer estar um com o outro física e espiritualmente. Porém, ao contrário das relações empobrecidas, em que existe pouca sabedoria, os amantes não procuram a satisfação imediata, a posse dos conquistadores, que logo os devolveria ao cárcere sufocante do eu. Desejam, antes de tudo, os amantes transcendentais, libertar-se do tempo, ou ao menos esquecê-lo, para girar na roda da eternidade, tocando-se leve e vagarosamente, explorando-se com todos os sentidos, que incluem os do espírito.

Reflito ainda se não será possível que a tão almejada comunhão possa ser alcançada quando os amantes estiverem fora do alcance físico um do outro. Então seria possibilitado que se contatassem à distância, com a energia do pensamento ou do amor, que os levaria ao prazer e ao gozo, em separado e ainda assim juntos. Pois mesmo quando há a posse física, cada ser é um ser à parte, o que não contradiz a comunhão, porque é preciso estar consciente da separação para se obter a reunião amorosa, em que cada um é ele próprio e, de certa forma, o outro, pois estão unidos em sintonia com o universo que provê ambos, simultaneamente, como partículas do cosmo e contendo esse cosmo integralmente em si.

Num sentido mais prático, aonde quero verdadeiramente chegar em minhas reflexões, é se a posição e reunião transcendentais são passíveis de ser alcançadas por meio de telefonemas entre os amantes, que, embora devam satisfazer-se cada um de seu lado da linha, estarão ao mesmo tempo em comunhão física, verbal e espiritual, ainda que não se conheçam pessoalmente, fisicamente, como eu e...
PS. em 27.12.98. Num sentido menos prático, ouso indagar-me se não será possível que tal bem-aventurança possa ser conseguida com um dos amantes já morto. Mas, neste caso, deveremos confiar na permanência do ser, mesmo que incorpóreo. Ou deverão os dois amantes já partilhar da mesma incorporalidade? Ou sobrevirá apenas o grande nada, o vazio, e será esta a grande, única e verdadeira fusão?

Gorila.

POEMINHA LIVRE DO GORILA

Celos pelo rádio

Ouvindo as quatro moças dos violoncelos
no disco Subliminal blues and greens
tive a visão de quatro Gorilas perfilados
eretos, encasacados; eram eles os celos
que as moças enlaçavam pelas costas
como se bailassem ao contrário
tangendo à frente pelos retesados.

Na primeira página do jornal, o pequeno desenho do rosto de um gorila sobre a chamada para a reportagem da pág. 6:
Gorila se suicida por amor e deixa mensagens.

Na página 6, além da matéria escrita, de Euclides Carneiro, uma foto de Conceição na sala do apartamento, propiciando a visão, ao fundo, das pernas do suicida sobre a cama. Como ilustração, o desenho de um rosto etéreo de mulher, ao lado de um coração gotejando, atravessado por uma flecha.

*

Dia 30 de dezembro. Duas da tarde. Ariosto, sua mulher Jerusa e o detetive particular Parsifal Menezes, no escritório deste. Em cima da mesa do detetive, um exemplar do jornal *Flagrante*, com a matéria sobre a morte do Gorila.

Ariosto (*visivelmente perturbado, deprimido*) — Vocês viram? Viram no que deu tudo?

Parsifal — Não me venha agora com essa bobagem. O cara se matou por uma mulher. Está aqui escrito, e foi ele mesmo quem escreveu.

Ariosto — Mas precisava tê-lo ameaçado tanto, ter sido tão duro com ele no seu telefonema? Quem sabe quanto isso contribuiu para...

Parsifal — Olha, sua mulher me contratou e fiz o serviço da maneira mais rápida e discreta possível. E, veja bem, sem violência. Só desmascarei o cara e dei um susto nele. Tentando jogar verde, o sujeito falou em várias mulheres e eu o imprensei ainda mais, falando que gravei tudo.

Jerusa (*uma mulher de voz forte e decidida*) — Sim, fez tudo muito bem. Mereceu o que estamos lhe pagando. Muito obrigada.

Parsifal (*rindo*) — O tal Gorila deve ter parado de telefonar até para a própria mãe.

Ariosto — Meu Deus, e ele que ainda telefonou para cá antes de morrer, pedindo desculpas.

Jerusa — Esse louco me disse que estava querendo ir ao enterro dele. Vê se pode.
Parsifal — O que você está querendo? Um escândalo? Ou que sejamos processados por induzimento ao suicídio? Já pensou que podem fazer perguntas, querer saber o que você está fazendo ali no cemitério? E se você abrir a boca acaba com a sua reputação, a sua família e, vai ver, perde até o emprego.
Jerusa — Não pensa nos seus filhos?
Ariosto — Calma, gente. Eu ainda não fui a lugar nenhum e nem vou mais. Só queria dar uma espiada nele. Com um bilhete e textos como aqueles, tenho certeza que era um homem capaz de viver uma amizade espiritual, platônica.
Jerusa (*muito enérgica*) — Esqueça, entendeu, Ariosto? Esqueça. Nunca mais quero ouvir falar no Gorila. Ele nunca existiu, entendeu? Nunca.

*

Dia 2 de janeiro. Uma das capelas do Cemitério Jardim da Luz.
Diante do esquife fechado onde jaz o corpo — conservado em formol no necrotério — de Afrânio Torres Gonzaga, o Gorila, o Pastor Otoniel Salustiano, da Igreja Batismal Filosófica, é ladeado por duas acólitas, ambas de roupa branca: uma, loura, jovem, à sua esquerda; a outra, negra, à sua direita, aparentando trinta e tantos anos. Ambas são bonitas e cada uma segura uma bandeja prateada forrada com uma toalhinha de renda. Sobre a bandeja nas mãos da loura, um recipiente de pedra-sabão, contendo água, presumivelmente benta, e ainda um bastonete metálico com uma das pontas esférica e perfurada. Na outra bandeja, sustentada, tremulamente, pela mulher negra, há um cálice bojudo com um guardanapo de papel sobre o bocal,

mas que não esconde, no interior, uma bebida avermelhada e translúcida que parece ser uísque ou conhaque.

O Pastor Otoniel tem cerca de trinta anos e é um homem razoavelmente bonito, com seus cabelos revoltos e barba de um ou dois dias, num estilo talvez intencionalmente casual. Usa um blazer cinza sobre calça e camisa esporte, que não deixam de revelar um certo bom gosto moderno, como se a anunciar que a Igreja Batismal Filosófica é uma instituição moderna, avançada.

Na capela encontram-se umas trinta e cinco pessoas, entre fiéis da Igreja Batismal, uns poucos ex-colegas e parentes do morto, entre estes a ex-mulher de Afrânio, que tem cerca de cinquenta anos; o delegado César Motta Chaves; três jornalistas, entre eles uma repórter de tevê acompanhada de cameraman e técnico de som. Um pouco afastada, à soleira da porta, com um véu na cabeça que lhe cobre até a face, está uma mulher aparentando ter uns quarenta anos, que vem a ser Magda Cardoso Soares, ou *Rosalinda*.

Depois de meditar, com os olhos fechados, o pastor invoca em voz baixa:

— Que Deus me ilumine para dizer as palavras certas, faça brotar em mim o conhecimento que não possuo.

O pastor eleva a voz para ser ouvido por todos.

— Atendendo a pedido de nossa irmã Lucineide Santana da Silva (*ele pousa, por um instante, suavemente, sua mão direita no ombro da mulher negra*), aqui nos reunimos para encomendar corpo e alma de Afrânio Torres Gonzaga, morto em circunstâncias que merecem a nossa mais profunda reflexão. Neste ato, o recebemos em nossa fé.

O pastor molha o bastonete no recipiente sobre uma das bandejas e borrifa de água o caixão. Repete a operação por mais duas vezes e depois pega o cálice já destampado, na outra bandeja, e bebe o seu conteúdo em dois goles, com um ligeiro ríctus de queimação. Devolve o cálice a Lucineide e as duas bandejas, com seus apetrechos, são recolhidas por um fiel, que as empilha e sai com elas da capela. Quando o Pastor Otoniel volta a falar, seus olhos brilham.

— Os ritos de certa Igreja, que atribui a si a prerrogativa da verdadeira fé cristã, não permitem que se encomendem os suicidas. Para estes, julgados por seu desespero da vida, o que prescreve tal Igreja? Mais desespero e, dessa vez, quase impensável, inimaginável, porque eterno. Conseguem os irmãos conceber isso: suplícios os mais terríveis, que jamais darão descanso ou terão fim? E, no entanto, é o que dita o ordenamento inquisitorial, e isso em nome de Cristo, em nome de um Deus que seria, antes de tudo, bom.

"A Igreja Batismal Filosófica, que, na conformidade de seu próprio nome, opõe a esse obscurantismo pontificial e pretensamente teológico a sabedoria, o amor e o conhecimento, jamais se furtou a abrigar, carinhosamente, os suicidas em seu seio, e a tentar compreender as razões de seu gesto.

"Como sabemos, o verdadeiro móvel da vida é o amor, em todas as suas formas e ainda quando desviado, aparentemente, de seu curso. *Aparentemente*, dissemos, porque, na verdade, não há como fugir do leito principal do rio, ao qual todos os seus braços retornam, e que vai desaguar no princípio e fim de todas as coisas, a que o verbo dá o nome de Deus.

"Não desejará o suicida, primordialmente, libertar-se do cárcere de sua pessoa, para retornar ao tranquilo lago materno, ou muito aquém ou além deste, ao oceano límpido e plácido do indivisível ou indiferenciado, no que poderíamos chamar de uma nostalgia do grande amor, ou, mais uma vez, de Deus? O que busca o suicida senão o absoluto, mesmo quando possa entendê-lo como um eterno, infinito e paradoxalmente doce nada? Dissemos *paradoxalmente* porque, se nada for, não haverá quem sinta essa doçura. Mas qual de nós — qual de nós, eu pergunto — já não terá ansiado por voltar a esse berço aconchegante?

"Porém o nosso querido Afrânio Gonzaga, ou, por que não dizer?, o nosso querido Gorila...

Algumas pessoas riem, e o pastor, com olhar firme, faz com que mantenham a compostura.

— ... o nosso querido Gorila, que aqui jaz encerrado, com seu corpo frágil e seu rosto certamente sereno, está a nos dizer alguma coisa mais. (*O olhar do pastor se fixa na câmera de tevê.*) Se a sua vida pôde suscitar controvérsias, de acordo com o que até agora se apurou, não devemos nos esquecer de que, conforme suas próprias palavras, na pequena obra escrita que nos legou, ele era capaz de entrever no amor algo de transcendente, que poderia se sobrepor à morte.

"Mas é à luz de seu austero, mas resoluto bilhete de despedida, que não hesito em anunciar aos quatro ventos que o último gesto do Gorila — sim, o chamemos assim, como ele gostava — foi um ato de amor e de fé. Ou, melhor ainda, um ato de fé no amor, pois ele se dispôs a compartilhar incondicionalmente o destino de sua amada secreta, fosse na união de suas almas no além, fosse no mais absoluto nada. Que exaltação não terá sentido, pois, ao tomar seus comprimidos? (*O pastor pousa, outra vez, docemente, a mão no ombro de Lucineide, que chora baixinho.*) Alegremo-nos, então, como se estivéssemos celebrando as bodas do Gorila e de sua amada. Que Deus seja louvado.

Os fiéis em coro:

— Que Deus seja louvado.

O pastor:

— Agora conduzamos o corpo de nosso irmão à sepultura. Mas quem saberá onde ele vive agora, talvez em grande alegria, compartilhando com sua amada, e talvez com muitas outras, e com Deus, a sua alma? E quem poderá garantir que também não compartilhe com todos o seu corpo, belo e rejuvenescido, sem a falta de nenhum de seus alvos dentes? E por acaso não poderá ser Deus um imenso corpo único, talvez feminino, abrigando os corpos de nós todos em seu, digamos, ventre, como uma gruta mágica, um abismo celestial, palavras estas do próprio Gorila, como foram transmitidas em seu último telefonema a nossa irmã Lucineide, segundo ela nos revelou?

Lucineide, em prantos, se aproxima do caixão:
— Poderíamos ter sido tão felizes aqui mesmo.
Ela toca, com as duas mãos, o esquife e se curva para beijá-lo.

Antes que isso aconteça, o Pastor Otoniel se acerca de Lucineide e a abraça, fazendo com que ela chore em seu ombro. Tudo isso é filmado pelo operador da câmera de tevê. Dois coveiros, com a ajuda de fiéis, começam a conduzir o caixão ao cemitério propriamente dito.

*

Três mulheres atraíram a atenção da imprensa e do delegado César Motta Chaves na cerimônia de sepultamento de Afrânio Torres Gonzaga, o Gorila. A primeira delas, naturalmente, foi Lucineide Santana de Jesus, pelo papel que lhe atribuiu o pastor na organização do ato fúnebre e por seu comportamento durante o mesmo. E nem a imprensa nem o policial tiveram dificuldades de obter a colaboração de Lucineide para entrevistas e depoimento, marcado para segunda-feira, 4 de janeiro, na 9ª DP, enquanto a entrevista para a tevê ficou para o dia subsequente.

Também presente a ex-mulher de Afrânio, que se aproximou do ataúde apenas uma vez, meditou um pouco diante dele e virou-se para ir embora. Foi seguida pelo delegado Chaves:
— Minha senhora, por gentileza.
Ela estacou, em silêncio; o policial identificou-se e disse:

— A senhora é parente do morto?
— Fui casada com ele, mas já nos separamos há sete anos.
— A senhora poderia me ajudar com algum esclarecimento sobre os motivos que o levaram a...? — o delegado fez um gesto apontando a capela e acrescentou: — Não precisa ser agora.
— Olha, eu nem me lembro da última vez que falei com ele e estou muito surpresa com tudo.

O repórter Euclides Carneiro, que os seguira a pequena distância, intrometeu-se:
— Por acaso vocês se separaram quando ele perdeu os dentes?
— Por que tenho de dar satisfações sobre isso? — reagiu a mulher.

César Motta Chaves fez um sinal para que o jornalista se calasse.
— Não, não tem não — disse o policial. — Mas gostaria que a senhora deixasse comigo seu nome e telefone, para o caso de precisarmos fazer-lhe alguma pergunta.
— Está certo, por que não? Mas já lhe disse que nada sei sobre a vida de meu ex-marido nos últimos anos.

O delegado anotou o número do telefone de Acácia Andrade e Silva, ex-mulher de Afrânio, agradeceu-lhe e, de volta à capela, viu, na soleira da porta, uma mulher quarentona, que vinha a ser Magda Cardoso Alves, ou *Rosalinda*.
— Minha senhora, por favor...

*

PROGRAMA DE TEVÊ *HISTÓRIAS URBANAS*,
TV GUANABARA, NOITE DE QUINTA-FEIRA,
7 DE JANEIRO DE 1999

Na apresentação do primeiro bloco do programa, a imagem do detetive da polícia de Nova York, Perry McCoy, um homem fortão, de origem irlandesa, na série *Esquadrão Brooklyn*. McCoy, vestido com um terno cinza mal-ajambrado e gravata frouxa, com as costas contra a parede do corredor de um hotel de terceira categoria, aproxima-se da porta fechada de um quarto, em cujo interior um jovem branco mantém sob a mira de uma arma uma jovem negra. Em planos rápidos, imagens de rua mostrando dois carros-patrulha e policiais protegidos atrás dos veículos, apontando suas armas para o prédio do hotel. Mantida afastada por um cordão de isolamento, uma aglomeração de pessoas, a maioria negra.

McCoy (*com voz máscula e potente*): "Se entrega, Frank, o prédio está cercado pela polícia e pelos amigos da moça aí. Eles não vão deixar você sair vivo, você sabe muito bem disso, Frankie, a menos que você solte a refém e que a gente lhe dê proteção. Mas se você fizer algum mal à garota, não lhe garanto proteção alguma, ouviu bem, Frank?"

O repórter e apresentador de *Histórias urbanas* Francisco Amadeo, sobrepondo-se às imagens do jovem delinquente Frank quando este é preso e algemado por McCoy:

"Quantas vezes você, telespectador, não terá ouvido essa voz como sendo a do detetive Perry McCoy, do Esquadrão Brooklyn, em sua versão brasileira, no início dos anos noventa? No entanto, aquele que emitia tal voz abandonou, logo depois desse episódio da série, a sua carreira, após extrair dentes em número suficiente para não ter outro remédio senão usar dentadura postiça. Esse homem era Afrânio Torres Gonzaga, cujo nome andou ocupando espaço na imprensa nos últimos dias. (*No vídeo, retrato de Afrânio em página de jornal.*) Continuou a possuir uma bela voz, mas inadequada para o detetive McCoy, cujo sotaque lhe exigia um determinado torcer da boca. E, a ter de renunciar ao personagem com o qual se identificava tanto, preferiu deixar a profissão de dublador, na International Filmes, passando a viver exclusivamente de seus vencimentos como Técnico Judiciário na Justiça do Trabalho, cargo em que se aposentou em 1997. (*Imagens do filme* King Kong *ao fundo, primeiro na África e depois em Nova York, com uma atriz loura sendo carregada pelo gigantesco macaco.*) De algum tempo para cá, sem que possamos precisar quando, o dublador Afrânio ressurgiu, secretamente, na vida real, na pele do personagem O Gorila, criado por ele para dar telefonemas amorosos e eróticos muito peculiares, personalíssimos, para mulheres desconhecidas. Em 29 de dezembro último, Afrânio, ou o Gorila, suicidou-se com uma dose letal de barbitúricos, deixando, além de duas estranhas mensagens, uma delas em versos livres, um misterioso e lacônico bilhete de despedida. (*Uma trêmula mão peluda surge na tela escrevendo lentamente um bilhete cujos dizeres Amadeo lê em voz alta.*) "Sou o Gorila. Sigo o caminho daquela cujo nome prefiro guardar."

O ator Pedro Fagundes, ao som de violoncelos:

POEMINHA LIVRE DO GORILA

Celos pelo rádio

Ouvindo as quatro moças dos violoncelos
no disco *Subliminal blues and greens*
tive a visão de quatro gorilas perfilados
eretos, encasacados; eram eles os celos
que as moças enlaçavam pelas costas
como se bailassem ao contrário
tangendo à frente pelos retesados.

O ator Alfredo Ramos:

FRAGMENTO DE "A POSIÇÃO TRANSCENDENTAL",
DE AUTORIA DO GORILA

"Num sentido mais prático, aonde quero verdadeiramente chegar em minhas reflexões, é se a posição e reunião transcendentais são passíveis de ser alcançadas por meio de telefonemas entre os amantes, que, embora devam satisfazer-se cada um de seu lado da linha, estarão ao mesmo tempo em comunhão física, verbal e espiritual, ainda que possam não se conhecer pessoalmente, fisicamente, como eu e..."

A repórter e apresentadora Regina Maria:

"Um homem que escreve tais textos e dá telefonemas amorosos e picantes para mulheres usando o pseudônimo de Gorila poderá ser considerado não um maníaco sexual e sim um carente sentimental e romântico, dotado também de senso de humor? Esse homem, ao se suicidar, merecerá a condenação eterna ou o perdão divino e a compreensão humana? Essas e outras perguntas serão respondidas diretamente por uma das mulheres que foram alvo de telefonemas do Gorila, a comerciária Lucineide Santana de Jesus; pela psicanalista Alda Muniz; pelo monge beneditino Lucas Mariano; e pelo delegado César Motta Chaves, da Nona Delegacia Policial, encarregado das investigações sobre a morte de Afrânio Torres Gonzaga, o Gorila.

"Conheceremos também a opinião de outra mulher que recebia telefonemas do Gorila, mas que prefere manter-se anônima, e ainda um pouco do pensamento do pastor Otoniel Salustiano, da Igreja Batismal Filosófica, emitido durante a cerimônia de sepultamento de Afrânio."

O pastor Otoniel Salustiano (*no enterro*): "Se a sua vida pôde suscitar controvérsias, de acordo com o que até agora se apurou, não devemos nos esquecer de que, conforme suas próprias palavras, na pequena obra escrita que nos legou, ele era capaz de entrever no amor algo de transcendente, que poderia se sobrepor à morte."

Na 9ª Delegacia Policial, a repórter Amália Santos, da TV Guanabara, diante do Delegado César Motta Chaves, identificado por um letreiro sobre sua própria mesa.

Amália Santos: "Delegado Chaves. O Gorila, ou Afrânio, ao importunar mulheres com seus telefonemas, cometia alguma espécie de crime?"

Delegado Chaves: "Em relação às mulheres que não o acolheram, sem dúvida, sim. Ele poderia ser enquadrado no artigo 140 do Código Penal: Injuriar alguém, ofendendo-lhe a dignidade e o decoro. A pena prevista é a de detenção, de um a seis meses, ou multa. Também incorre, quem assim procede, no artigo 65 da Lei das Contravenções Penais: Molestar alguém ou perturbar-lhe a tranquilidade, por acinte ou motivo reprovável. Aí a pena é a de prisão de quinze dias a dois meses, ou multa. Mas, evidentemente, com a morte de Afrânio, houve a extinção de sua punibilidade."

Amália Santos: "E no suicídio, quando haveria crime?"

Delegado: "A lei não prevê punição para quem falhou em sua tentativa de suicídio. No entanto, o artigo 122 do Código Penal prescreve a reclusão de dois a seis anos para aquele que induz ou instiga alguém a suicidar-se, ou presta-lhe auxílio para que o faça."

Amália Santos: "No caso de Afrânio está excluída essa hipótese?"

Delegado: "Houve quem falasse que ele sofreu ameaças.

Mas, diante do seu comportamento ao telefone, era natural que algumas pessoas reagissem. Mas todas as provas coligidas na investigação apontaram para um desejo livre e resoluto de Afrânio Torres Gonzaga de se matar. (*Com um sorriso discreto.*) Ao que parece, esse que se chamava de Gorila morreu de amores. Por isso mesmo, o meritíssimo juiz da 5ª Vara Criminal negou a quebra do sigilo telefônico do morto, que havíamos solicitado apenas para cumprir nosso dever até o fim. Mas entendeu bem o ilustre magistrado que a quebra de sigilo, em vez de apontar para um muito improvável algoz do suicida, causaria ainda mais constrangimento a pessoas que foram vítimas de suas brincadeiras de mau gosto. E como considerar um telefonema passivo uma ameaça ou induzimento? E mesmo que uma das vítimas viesse atrás daquele que a importunava, cujo número telefônico teria descoberto, seria preciso investigar todas aquelas que receberam telefonemas do Gorila, além de seus familiares; quebrar seu sigilo telefônico, o que, como já vimos, não é legalmente cabível, para saber se uma delas ligou para ele e, ainda, o que disse ao telefone. Convenhamos que seria uma prova difícil, quase impossível, de ser colhida."

<u>Cenas do enterro de Afrânio, com a câmera sendo movimentada para captar todos os presentes, entre eles Magda Cardoso Soares, ou *Rosalinda*, mas sem que a câmera se detenha nela. Revezam-se no vídeo e no áudio Francisco Amadeo e Regina Maria.</u>

<u>Regina Maria</u>: "Quem contou que Afrânio estava sofrendo ameaças foi uma mulher que só concordou em falar ao *Histórias Urbanas* se não gravássemos entrevista ou divulgássemos seu verdadeiro nome. Sugeriu que a chamássemos de Rosalinda, como fazia o Gorila. Rosalinda, que prestou depoimento reservado na

Nona Delegacia Policial, no Catete, revelou que Afrânio, ou o Gorila, com uma voz grave e empostada, telefonou-lhe uma primeira vez, escolhendo um número ao acaso, pois o telefone dela, no catálogo, está em nome de seu ex-marido. Afrânio disse que era agenciador de assinaturas para uma revista, mas logo revelou que era o Gorila. E, mesmo repelido, passou a ligar para ela com uma certa frequência."

Surgem na tela, ao fundo, as silhuetas de uma mulher e um homem fantasiado de gorila, ambos ao telefone. Em primeiro plano, o apresentador Francisco Amadeo.

Francisco Amadeo: "Acostumando-se com o Gorila e percebendo que suas propostas amorosas não passavam de brincadeira, apesar de, às vezes, ultrapassarem certos limites, Rosalinda acabou por se tornar uma espécie de amiga e confidente dele. Entre essas confidências ele jamais revelou seu verdadeiro nome. E embora desse a entender que telefonava para várias mulheres, nunca falou de um grande amor em sua vida, como teria de ser esse cuja presumível morte o levou a suicidar-se. Segundo Rosalinda, o Gorila era inteligente e dotado de senso de humor. Porém, dez dias antes de sua morte, telefonou-lhe para lhe dizer que estava deprimido porque ligara para uma mulher e fora atendido por um homem, que o ameaçara com palavras de baixo calão e afirmara ter amigos na polícia que iriam pegá-lo e fazer o diabo com ele."

Regina Maria: "Nessa época, inclusive seguindo conselhos de Rosalinda, parece que ele parou com os telefonemas. Mas, no dia 26 de dezembro último tornou a ligar para ela, a fim de contar que haviam telefonado para ameaçá-lo. E que o número do Gorila, portanto, fora descoberto por alguém. Falou também numa tal Darlene, uma desconhecida que lhe telefonara na noite de Natal (*tema natalino bem baixo*), ameaçando se matar e chegando mesmo a dizer que havia tomado muitos comprimidos. Mas seria estranho que o Gorila se suicidasse para seguir os passos dessa tal Darlene, até porque não a conhecia. E quando ele telefonou, preocupado, para o número que ela lhe dera como sendo o seu, não havia ninguém com esse nome lá: o apartamento de um francês chamado Robert (*tema carnavalesco bem baixo, silhuetas que bailam*) e sua mulher Carmem Sílvia, que estavam oferecendo uma ceia de Natal da pesada. Uma verdadeira orgia, segundo o Gorila."

Francisco Amadeo: "É importante frisar que a polícia, entre os suicídios cometidos no Natal e dias subsequentes, não registrou o de nenhuma mulher chamada Darlene. (*Rápido fundo musical, assustador, solene, fúnebre.*) Mas, por coincidência ou talvez com conhecimento daquela que ligou para o Gorila assumindo tal nome, uma mulher chamada Darlene atirou-se da janela de um apartamento no Flamengo na noite de Natal de 1995."

Regina Maria: "Mas, voltando ao último Natal, o delegado Chaves, ligando para o fotógrafo francês Robert Delaye, que, por certas informações, ele entendeu que poderia ser o anfitrião da tal (*leve sorriso irônico*) festa, ouviu-o negar conhecer qualquer pessoa com o nome de Darlene e, muito menos, alguém com o apelido de Gorila, o mesmo acontecendo com sua mulher, Carmem Sílvia. Quanto à festa, disse que foi uma ceia como qualquer outra. 'As pessoas têm muita imaginação. Orgia de Natal, essa é muito boa', concluiu o francês, segundo nos revelou o delegado Chaves. Quanto a Robert, também se recusou a gravar entrevista, assim como sua esposa."

Corte para o funeral do Gorila, destacando-se, em primeiro plano, o pastor Otoniel, a moça loura e Lucineide. Logo, esta última é surpreendida pela câmera no momento em que toca o caixão e se curva para beijá-lo, sendo contida pelo pastor. Outro corte faz Lucineide reaparecer, já em outro dia, com um discreto vestido azul, passeando com a jornalista Amália Santos pelo Jardim Botânico. Ouve-se, bem baixinho, a *Bachiana número 6*, de Villa-Lobos.

Amália Santos: "Lucineide. Você, nesse caso que permanece em grande parte obscuro, não só desempenhou um duplo papel, como o fez às claras. Além de declarar-se, abertamente, como uma das *namoradas telefônicas* do Gorila, foi quem providenciou para que ele tivesse sua alma encomendada numa cerimônia da Igreja Batismal Filosófica, à qual você pertence. Você diria que amava o Gorila?"

Lucineide: "Isso eu não sei, mas que gostava dele, gostava, e não apenas como um irmão em Cristo, como se diz na Igreja."

Amália Santos: "Como o Gorila chegou ao seu número telefônico?"

Lucineide: "Sei lá. Acho que ele gostou de meu nome, Lucineide, que está no catálogo telefônico. Mas também gostava muito de me chamar de Luci. No primeiro telefonema, ele me disse que estava fazendo uma pesquisa sobre televisão. Perguntou que programa eu estava assistindo, essas coisas. Mas, talvez porque eu atendi ele gentilmente, logo abriu o jogo e disse que era o Gorila e deu aquela risada forte dele, *ho, ho, ho*. Eu não sei imitar direito. Sua voz era muito bonita."

Amália Santos: "Mas você nunca chegou a vê-lo, não é verdade?"

Lucineide: "Sim, é verdade. Mas todas as vezes que a gente se falava pelo telefone havia carinho, compreensão, apesar das conversas serem sempre apimentadas."

Amália Santos: "Você teria gostado dele do mesmo jeito, se soubesse que usava dentadura?"

Lucineide: "Se soubesse que era o Gorila, teria."

Amália Santos: "Você também telefonava para ele?"

Lucineide: "Não, o número de telefone do Gorila era supersecreto."

Amália Santos: "E você tem alguma ideia de quem seria aquela que o Gorila quis seguir na morte?"
Lucineide: "Não, nenhuma. Mas morro de remorso, porque ele me telefonou no domingo, dois dias antes de sua morte, dizendo que estava precisando ouvir uma voz amiga, e eu não pude conversar com ele porque estava ocupada com uma visita, entende? Mas ele chegou a dizer que queria falar comigo sobre uma coisa que não posso repetir aqui."
Amália Santos: "Nem uma parte?"
Lucineide (*sorrindo, encabulada*): "Uma gruta mágica, com um tesouro em seu interior, não sei se você me entende."
Amália Santos (*sorrindo discretamente, talvez encabulada*): "Acho que entendo. Ele fazia propostas sexuais a você?"
Lucineide (*sorrindo abertamente*): "O tempo todo. Mas parece que não levava nada a sério, era um sujeito muito engraçado. E quando eu queria marcar um encontro, ele mudava de assunto e até desligava o telefone. Agora eu entendo que devia ser por causa da dentadura. Mas o que ele dizia é que era um pastor de almas e corpos e tinha que cuidar do seu rebanho pelo telefone. Então não podia ficar com nenhuma mulher em separado."
Amália Santos: "Ele usava a palavra rebanho?"
Lucineide (*dando um tapinha na cabeça*): "Não, fui eu. É uma palavra que o pastor Otoniel usa, às vezes. Que a gente é o rebanho dele."
Amália Santos: "Homens e mulheres?"
Lucineide: "Sim."
Amália Santos: "A Igreja Batismal admite o amor livre?"
Lucineide: "A Igreja Batismal Filosófica prega a liberdade com responsabilidade."
Amália Santos: "Isso vale também para o amor?"
Lucineide: "Para o amor, sim. Claro."
Amália Santos: "O pastor Otoniel tem casos com mulheres da sua Igreja?"

Lucineide: "Olha, o pastor Otoniel é casado, dentro dos ritos da própria Igreja Batismal, com a Irmã Marly, essa moça que também ajudou na cerimônia de enterro do Gorila. Quer dizer, do Afrânio. E, que eu saiba, são fiéis um ao outro."
Amália Santos: "Igreja Filosófica por quê?"
Lucineide: "Não sou muito boa para explicar essas coisas, mas acho que é porque a gente é levada a pensar, em vez de simplesmente obedecer."

IMAGEM E SOM GRAVADOS NO FUNERAL
DE AFRÂNIO GONZAGA, O GORILA

O pastor Otoniel Salustiano: "Os ritos de certa Igreja, que atribui a si a prerrogativa da verdadeira fé cristã, não permitem que se encomendem os suicidas. Para estes, julgados por seu desespero da vida, o que prescreve tal Igreja? Mais desespero e, dessa vez, quase impensável, inimaginável, porque eterno. Conseguem os irmãos conceber isso: suplícios os mais terríveis, que jamais darão descanso ou terão fim? (Corte) E por acaso não poderá ser Deus um imenso corpo único, talvez feminino, abrigando os corpos de nós todos em seu, digamos, ventre, como uma gruta mágica, um abismo celestial, palavras estas do próprio Gorila..."

CORTE PARA FRANCISCO AMADEO COM O MONGE
BENEDITINO LUCAS MARIANO, DIANTE DE UM
MONITOR NO QUAL APARECEU A IMAGEM DO PASTOR
OTONIEL PRONUNCIANDO ESTAS ÚLTIMAS FALAS

Francisco Amadeo: "O que o senhor tem a dizer sobre o que acabamos de ver e ouvir? E não estará o pastor, quando se reportou às palavras de Afrânio sobre uma gruta mágica, um abismo celestial, dando uma visão feminina, uterina, de Deus?"

O monge Lucas Mariano: "Primeiro de tudo, devemos dizer que acompanhamos com grande apreensão o surgimento de cada vez mais Igrejas, ou melhor, seitas, que pretendem falar em nome de Cristo. E quanto a dar uma visão feminina de Deus como uma gruta mágica, um abismo celestial, pode-se escorregar perigosamente para um território sacrílego. Não devemos esquecer que, se a Santíssima Trindade se refere às figuras do Pai, do Filho e do Espírito Santo, a pessoa da Virgem, na própria oração da ave-maria, é referida, sabiamente, como a mãe de Deus, o que, convenhamos, é um papel imenso dado ao feminino na Igreja Católica.

"Mas, quanto ao inferno, não há dúvida, é uma das questões mais espinhosas do cristianismo e de todas as religiões. Porque a condenação de alguém ao inferno implicaria num livre-arbítrio total do condenado. E quando se poderá dizer de um suicida que estava de posse de sua razão, ao cometer gesto tão tresloucado? No caso de Afrânio, o próprio nome que adotou, Gorila, indicava uma mente fantasiosa e atribulada, e talvez possamos dizer que se tratava de um caso de dupla personalidade. Ao se matar, talvez ele tenha querido, em seu desespero, livrar-se do Gorila dentro de si, essa segunda personagem que ele não estava suportando mais carregar. E quem somos nós para dizer o que Deus reservou para sua alma?"

A REPÓRTER REGINA MARIA COM A PSICANALISTA ALDA MUNIZ, NO CONSULTÓRIO DESTA, MOBILIADO COM DUAS POLTRONAS E UM DIVÃ. ELAS OCUPAM AS DUAS POLTRONAS, MAS O DIVÃ É ÀS VEZES MOSTRADO VAZIO

NA TELA. UM LETREIRO NA TELA IDENTIFICA, NO PRINCÍPIO, O NOME E A PROFISSÃO DA ENTREVISTADA

Regina Maria: "Doutora Alda. À luz da psicanálise, o caso de Afrânio e o Gorila seria um caso de dupla personalidade? E teria Afrânio tentado se libertar do Gorila, matando-o, o que implicou matar a si próprio?"

Alda Muniz: "Um dos traços marcantes da dupla e até múltipla personalidade é que uma não sabe da outra, ou das outras, elas agem independentemente. Não creio que esse fosse o caso de Afrânio. O mais provável é que tivesse necessidade de projetar-se em um personagem com características opostas às suas, que ele depreciava. O que ele podia valorizar em si era sua voz. E, aos poucos, talvez o Gorila tenha se tornado uma parte cada vez mais importante de Afrânio, escondido em sua toca. E talvez aí já se pudesse falar em psicose, que seria a perda de um contato com a realidade. Mas eu duvido também disso, pois o seu senso de humor, conforme o depoimento de duas mulheres, e em seu próprio poema, indica o espírito crítico de quem sabia muito bem o que estava encenando. De todo modo, se um matou o outro, ao suicidar-se, não resta dúvida de que foi o Gorila quem triunfou, deixando Afrânio para trás e indo viver sua grande história de amor, um amor transcendental como diz um de seus escritos."

*

NO APARTAMENTO DE CELESTE E OTÁVIO, LOGO APÓS O *HISTÓRIAS URBANAS*, DE 7 DE JANEIRO DE 1999

Celeste: E agora, o que fazer com essa culpa, meu Deus?
Otávio: Culpa de quê, pode me explicar?

Celeste: Nós o encorajamos ao suicídio e isso é crime, não ouviu o delegado?

Otávio: Não repita isso nem para você mesma, entendeu? E encorajamos porra nenhuma. Se alguém lhe deu esperanças com a morte foi Cíntia, e você se limitou a transmitir-lhe isso. Talvez tenha carregado um pouco nas tintas, mas como podia adivinhar que o cara era tão maluco para seguir Cíntia até na morte?

Celeste: Você não sabe como um amor assim me comove. E se exagerei foi por sugestão sua, para gozar o cara.

Otávio: Ele merecia, ele merecia. Mas guarde a comoção para você mesma, ninguém precisa saber desse telefonema. O próprio cara destruiu sua agenda, e, se gravou fitas, também sumiu com elas, pois não encontraram sinais de fitas nem na lixeira do prédio. E, de qualquer modo, um telefonema passivo não pode caracterizar um induzimento, você não ouviu o delegado? Além do mais, Cíntia está morta para desmentir o que quer que seja.

Celeste: Mas, já pensou? O sujeito segue Cíntia na morte e, vai ver, não existe nada nem ninguém depois.

Otávio: Meu Deus do céu, eu não acredito que você disse isso. Se ele chegar lá e encontrar Cíntia, ficará feliz, certo? E se não houver nada nem ninguém depois, como aliás eu acredito, também não vai existir Gorila ou Afrânio para ficar chateado. Agora vem para a cama, vem.

Celeste: Você é insensível, hein?

Otávio (*rindo*): Vem para você ver quem é insensível, vem.

Celeste se aninha nos braços de Otávio.

Otávio: Há duas coisas que me intrigam nessa história toda. Quem ameaçou de fato o Gorila e quem será a Darlene que a tal de Rosalinda falou?

Celeste: E eu vou lá saber?

VARIANTE COM CÍNTIA VIVA

NO APARTAMENTO DE CÍNTIA, CÍNTIA COM SEU NAMORADO RECENTE, OTÁVIO, LOGO APÓS O *HISTÓRIAS URBANAS* DE 7 DE JANEIRO DE 1999

Cíntia: Eu ainda não consigo acreditar que fiz isso com ele. E ele, ainda por cima, foi tão elegante ao preservar meu nome.
Otávio: É bom você ficar caladinha, para a gente não ter amolações. Você não fez nada, entendeu? Apenas devolveu na mesma moeda os trotes obscenos dele, pois era isso que eles eram. Não me venha com essa de elegância. E como é que você podia adivinhar que o sujeito era ainda mais maluco do que parecia, para engolir esse negócio de câncer, mastectomia, e seguir Cíntia no além? Aliás, o nome que você escolheu foi gênio: Celeste.
Cíntia (*sarcástica*): Obrigada, mas a ideia do câncer no seio, eu morta esperando no além, foi toda sua. Aí foi só aguardar um novo telefonema dele. Santo Deus, e ele que disse que era o último.
Otávio: Pois é, ele estava sofrendo ameaças e já devia estar decidido a se matar. Mas eu também não podia adivinhar que o sujeito era tão crédulo. Logo ele, o Gorila.
Cíntia: Se quebrassem o sigilo telefônico dele, iam descobrir que deu vários telefonemas para cá.
Otávio: E daí? O delegado deixou claro que telefonemas passivos não poderiam levar a uma presunção de induzimento. E para que falar nessa hipótese, se o juiz (*sarcasticamente*), com toda a justiça, não concedeu a quebra do sigilo telefônico de Afrânio? E o próprio Afrânio, ou Gorila, como queira, nos fez o favor de queimar sua caderneta de telefones. E mesmo que o

Gorila houvesse revelado teu nome no bilhete de despedida e naquele outro texto cretino dele, "A posição transcendental", isso só provaria que você era uma das suas vítimas. Aliás, nós temos várias mensagens dele gravadas, para provar isso.

Cíntia: E se ele tiver gravado a da Celeste? A polícia e a justiça perceberiam que eu estava mentindo.

Otávio: Você estaria apenas se defendendo de um assédio, as nossas fitas provam isso. E para que falar nisso, se não encontraram fita nenhuma? Ele não deve ter gravado e, se gravou, desapareceu com as fitas todas.

Cíntia: E a Darlene? A Darlene fomos nós que inventamos, e fui eu quem telefonou para o Gorila. Se eles chegassem até nós, descobririam, facilmente, na companhia telefônica, que um bina foi instalado recentemente no meu telefone. E também dariam com o número do Gorila entre as minhas ligações. Uma só, mas imensa, na véspera do Natal e às vésperas de seu suicídio. E se ficassem sabendo que sou amiga do Robert e da Carmem Sílvia, poderiam ligar todos os pontos.

Otávio: Não é para você ficar paranoica, mas por que foi dar logo o número do Robert? Aliás, aí tem coisa.

Cíntia: Foi o primeiro número que me veio à cabeça. Talvez porque eu quisesse ir à ceia deles e você não deixou.

Otávio: Você já me contou como são as ceias lá.

Cíntia: Se não tivéssemos ficado aqui sozinhos e entediados, não haveria Darlene nenhuma.

Otávio: Vamos parar com isso, vamos? Nós instalamos um bina justamente para dar uma lição no tarado. E já vimos que ninguém poderá rastrear a Darlene até aqui. Foram palavras soltas no espaço. Mas vou lhe dizer: sua interpretação da Darlene foi ainda mais gênio que a de Celeste. Mudou a voz, mudou tudo, parecia transfigurada.

Cíntia: A ideia da Darlene também foi sua. Foi você quem sugeriu o nome e outras particularidades dela.

Otávio: Mas o seu improviso foi impressionante. Pegou a ave-maria do cara e seguiu em frente.

Cíntia (*trazendo uma das mãos dele para o peito*): Veja, só de falar nisso meu coração bate e minhas mãos tremem. Foi algo mediúnico, como se eu estivesse sendo possuída por uma outra, existente ou não. Como se alguém falasse por minha boca. Durante alguns momentos do telefonema, cheguei a me sentir de fato como se fosse a Darlene com aqueles problemas todos. Meu Deus, que horror... E se?

Otávio: E se o quê?

Cíntia: E se a tal Darlene que se suicidou no Natal de noventa e cinco reencarnou em mim naquele momento? Não sei de mais de nada, estou ficando louca com essa história toda. Meu Deus, será possível que eu *recebi* a pobre criatura? (*Lágrimas caem de seus olhos.*) Pobrezinha.

Otávio (*abraçando-a*): Para com isso. O nome Darlene e algumas características suas talvez tenham ficado na minha cabeça de alguma notícia de suicídio que eu possa ter lido há três anos. Mas o que você conseguiu foi uma grande representação, e encarnou a personagem que você mesma ia desenvolvendo. Já ouvi falar de atores e atrizes que sentem isso, como se fossem outra pessoa. Você podia ser uma atriz, fácil, fácil. Pois, além de tudo, é muito bonitinha.

Cíntia (*parando de chorar e correspondendo ao abraço de Otávio*): Você acha mesmo?

Otávio (*beijando-a na testa*): Acho muito.

Cíntia (*apartando-se e ainda chorosa*): Meu Deus, e ele que falou em Cíntia, ansiando por ela, logo no início do telefonema da Darlene. Devia me amar muito, mesmo. E eu o traí miseravelmente.

Otávio: Assim eu vou pensar que você gostava mesmo do cara e dos telefonemas dele. Se não, já poderia ter dado um paradeiro neles antes de nos conhecermos.

Cíntia: Achava graça, era só. Mas nunca respondi a ele, a não ser depois que você entrou em minha vida. Se eu lhe disser uma coisa, você não vai me achar muito boba?

Otávio: Diga.

Cíntia: Já pensou? O sujeito segue Cíntia na morte e, chegando lá não sei onde, vê que estou aqui vivinha da silva e ainda por cima o traí. Morro de medo.

Otávio (*abraçando-a outra vez e cobrindo-a de beijos*): Meu Deus, como você pode ser tão boba? (*levemente debochado*) Se houver alguma coisa depois da morte, Deus, em sua onisciência, saberá que você não quis que ninguém morresse. Agora vamos deitar, vamos, Cíntia? Ou você prefere Celeste... ou Darlene...

Cíntia (*rindo*): Você não presta mesmo, hein? Mas Darlene não, por favor.

Otávio: Então *Celeste*. Já pensou bem no significado desse nome: *Celeste*? Ho, ho, ho.

Cíntia (*correspondendo totalmente ao abraço dele*): Engraçado, como mudar de nome me excita.

Otávio: A mim também, *Celeste*.

*

Soterrada sob uma verdadeira montanha de detritos, num depósito de lixo no Rio de Janeiro apelidado de Lixão da Comlurb, em Gramacho, na Baixada Fluminense, encontra-se uma fita de gravação. Não há como alguém, entre os catadores de lixo — os que tiram sua subsistência dessa atividade miserável —, chegar até ela. Caso isso fosse possível e alguém se apoderasse da fita e a pusesse para tocar, antes que a ação do tempo a tornasse imprestável, logo, logo, ouviria a seguinte mensagem, como se o Gorila falasse mesmo do além, acompanhado da *Oitava sinfonia* de Gustav Mahler:

"Mulher, ó mulheres! Escutai com atenção, pois a língua do Gorila tem mais de um sentido. Tanto poderá sussurrar doces palavras em vossos ouvidos quanto descer ao ponto mais nevrálgico e recôndito do vosso corpo, que poucos conhecem como o Gorila. Então o Gorila parecerá um colibri, voejando em torno de uma flor. E as mãos! Que mãos! Pode-se dizer que ele as tem em número de quatro, pois desenvolveu destreza e suavidade inefáveis nos dedos dos pés. Quase como o delicado carinho de mulher para mulher, com a vantagem de vos oferecer um peito peludo, másculo, porém macio e aconchegante. Mas o Gorila é generoso e nada tem a opor se quiserdes saciar-vos vós mesmas, enquanto ele apenas vos acaricia os seios. Porém, depois — sim, depois —, quando estiverdes saciadas desse tipo de gozo, o Gorila vos possuirá, para que vos sintais preenchidas em todo o vazio, o âmago do ser. Mulher, ó mulheres, conheço-vos, pois sou o Gorila, ho, ho, ho."

III. Três textos do olhar

A mulher nua

É no aposento também nu, absolutamente nu, postada próxima ao ângulo formado por duas paredes pintadas de verde, uma recebendo mais claridade do que a outra, e pisando o chão liso, neutro, de um bege esverdeado, que a mulher nua, ao fundo — um falso fundo, porque não distante de nós — se oferece ao nosso olhar. O fato de a mulher estar calçada com sapatos cor-de-rosa, de salto alto, e segurar pela alça, com a mão direita, uma bolsa da mesma cor não a deixa menos nua, pelo contrário. Mas tornaremos a isso mais tarde.

Antes, é preciso apontar que, para a completa nudez da mulher nua, é indispensável que não haja mobiliário ou objetos que dispersem a nossa atenção pelo aposento. Mas dizer que ela se encontra em um aposento, já não terá sido cair num ardil? Pois o espaço que a circunscreve se reduz aos elementos mais primários, primordiais; a três planos pintados — não há nem mesmo um plano para o teto — que se limitam reciprocamente, criando um espaço, uma perspectiva, um cenário impecavelmente despido, para que a mulher nua se exponha ao nosso olhar, capture-o — na verdade, somos trazidos para dentro da peça — sob uma luz feita de tintas que não se ostentam; luz que é toda para a mulher nua e que emana também dela própria, de seu corpo branco, regado, pigmentado, com o rubor da vida que estará circulando em seu interior e irrompe nos bicos dos seios, os quais, juntamente com o que se abriga sob os pelos castanho-negros entre as pernas, são como que as verdadeiras e puras fontes dessa mulher.

Um atributo notável da mulher nua é que, apesar de sua prisão solitária na tela, ela nunca se encontra sozinha, eis que sempre nos olha, nos encara fixamente quando a olhamos. Jamais poderemos ser *voyeurs* secretos, ela sempre nos observará, nos penetrará agudamente, revelando-nos como funciona o nosso desejo e, portanto, quem somos, e isso valerá tanto para homens quanto para mulheres. Sua presença é muito diversa daquela de nus pintados por pintores oniscientes da solidão, como Edward Hopper, em seus, por exemplo, *Eleven A. M.* (1926) e *Morning in a City* (1944), em que mulheres nuas, sozinhas em seus quartos, completamente distraídas de seus corpos, vistos de perfil e já marcados pelo tempo, contemplam pedaços de cidades lá fora, nesgas de edifícios, tão desolados quanto elas, as mulheres nos quadros. E se falamos em onisciência é porque o pintor, em princípio, não poderia estar no espaço delas, nem vê-las. Então é bem como no cinema, quando se oculta a técnica que nos propicia estar ali, no convívio dos personagens. O cinema, que não escapou a Hopper em *New York Movie* (1939): de um lado, a sala de projeção, com seus escassos espectadores que se perdem no que se passa na tela; do lado de fora, no estreito saguão, a moça de uniforme, a *lanterninha*, com a mão no rosto, profundamente absorvida em seus pensamentos — ah, a eterna prisão dos pensamentos —, e quase não resistimos a ler na expressão da moça, sendo ela tão jovem, a tristeza de algum amor desfeito, ou distante: uma saudade.

Falecido em 1967, Hopper se torna cada vez mais popular, em reproduções nas paredes de lojas, consultórios, capas de livro, lanchonetes e lares, expressando os sentimentos de solidão que todos identificam: perfeitos e poéticos lugares-comuns. Já esta mulher nua é, para mim, e suponho que para outros — e por motivos que irão se revelando —, única. Não tem nada a ver, também, com os nus de ateliê e com os pintores que revelam, de algum modo, numa obra, sua relação ou atração pela modelo, como Goya e sua *La Maja desnuda* (1800/3), sem negar o que ela tem de enigmático no olhar que concede ao pintor pintando-a, o qual, conclui-se, a deseja e é desejado, ainda que a modelo possa retirar seu maior prazer e excitação desse olhar de homem que a acaricia e eterniza jovem, bela e nua. E, pelo menos a mim, me parece que Goya fixou o olhar da modelo (esqueçamo-nos de fofocas da corte, que a deram como a duquesa de Alba, disfarçada) quando ela mirava a si própria, no quadro já esboçado. E não terá se alimentado uma relação amorosa, ou simplesmente carnal, tanto para ele como para ela, primordialmente dessa representação? De todo modo, o olhar da *Maja*, como Goya o pintou, também atravessa o pintor para dirigir-se a todos os que a contemplariam pelos séculos afora, mas ficará para sempre flagrante a pose de ateliê, a conjunção pintor-modelo, o primeiro absolutamente explícito na pose da segunda, o que torna *La Maja desnuda*, em corpo e espírito, tão distante de nossa mulherzinha nua.

Antes de voltarmos a ela, não custa apontar que um nu tão radical, tão feroz em sua conversão extremada da mulher a signos de pura sexualidade e pura pintura, como *Nude in an Armchair* (1929), de Pablo Picasso, essa obra-prima e triunfo implacável do moderno, foi também pintura de ateliê (e se não foi, foi feita como se fosse), ambientada, é claro, num estúdio falsificado, com acréscimos e citações, de Matisse a Malevitch, intrometidos na cena pela imaginação requintada e rigorosa, pelo espírito lúdico, pela lucidez e pelo gênio de Picasso. Mas é difícil crer que uma mulher de carne e osso não se sentou ali na poltrona vermelha para que o pintor a devassasse inteiramente, a desconstruísse e reconstruísse, a fodesse de todos os modos, numa explosão de porra também pictórica.

Voltando à nossa mulherzinha — tão valorosa, entre outras coisas, porque a sujeitamos a comparações duríssimas —, uma de suas maiores diferenças não estaria no fato de ter sido pintada por uma mulher? Em parte sim, mas não apenas por isso, pois nada impede que haja pintoras que estabeleçam, com maior ou menor envolvimento e afeição, uma relação íntima com suas modelos, que podem ser até elas próprias, como nos *film-stills* da norte-americana Cindy Sherman, criando personagens para si — e que não deixam de ser ela mesma — em flagrantes de atuações dramáticas, que até precisam que outro, sem se tornar o artista, empunhe a câmera sob a direção de Cindy, artista exemplar da nossa contemporaneidade, da passagem do século vinte para o século vinte e um.

Para Cindy, tornam-se essencialíssimos, embora sem ostentação, os figurinos, enquanto o figurino de nossa mulher nua, apesar dos adereços cor-de-rosa, é sua própria nudez, pois se trata de uma nudez criada, realçada, e algo certamente fundamental é que foi pintada sem a utilização de nenhuma modelo, o que não terá impedido que a artista passasse a amar sua criatura. Mas se trata, esta criatura, da materialização de uma subjetividade ultrafigurativa, e logo trataremos disso, que é uma diferença muito importante.

Antes, quero voltar ao aparente paradoxo de a mulher estar sempre sozinha e sempre conosco. Talvez se possa ir mais longe para dizer que essa mulher, mesmo que o quadro seja relegado aos porões, estará sempre à nossa espreita, desde que foi aprisionada, em 1999, em seu pequeno mas elástico espaço de 43 x 31 cm. E tão logo abrirmos a página do livro, ou do catálogo da exposição em que estiver reproduzida, ou, ainda, passarmos entre os quadros dessa exposição, não apenas seremos fatalmente atraídos para ela, como teremos a sensação de que ela já nos olhava, até mesmo pelas costas, desafiando-nos a decifrá-la e, por que não?, desejá-la, mas de um modo especial, singular, inclusive porque existe algo de artisticamente traiçoeiro, suspeito, nessa pintura tão inesperada, nessa mulher que nos enreda em sua nudez. E há um naturalismo deliberado nessa obra, que a arremessa ao limite do artístico, ela não pertence a nenhuma escola ou contemporaneidade codificada, eis um de seus inegáveis atrativos.

Ah, uma reles sedutora, poderão dizer, tanto da artista como da personagem, com seus truques até baratos e vulgares, como esse de usar sapatos e bolsa cor-de-rosa — uma cor fútil —, os quais, pela razão e poder dos fetiches, nos permitem um acesso maior à sua nudez, têm uma relação indiscutível e inexplicavelmente íntima com os biquinhos de seus seios e sua xoxota escondida sob os pelos, como se fosse uma profissional num cenário e sob uma iluminação espertos, dotando aquele corpo de uma auréola suculenta de pecado, fazendo com que ele pareça até tangível, ali naquele falso fundo de um falso aposento.

Mas o que dizer da postura estática e algo tensa da mulher nua, ao mesmo tempo defensiva e provocadora? De seus olhos arregalados, vítreos, fixos, simultaneamente amedrontados e desafiadores? De tudo o que revelam de timidez e arrojo simultâneos, uma coisa tendo a ver com a outra? E pode-se perguntar se uma mulher não se torna tímida, entre outras coisas, para conter o que, do contrário, poderia levá-la a ultrapassar os limites mais loucos e inconcebíveis, fronteiras sobre as quais a pintora talvez haja passeado o tempo todo, à medida que ia se definindo o quadro, e que estão refletidas nele. Esse quadro a respeito do qual "o outro" — no caso agora eu — poderá dizer o que quiser.

E aqui é chegada a hora de ir ao ponto principal: com seu corpo rechonchudinho, apesar de firme — inegavelmente gostosa —, a mulher nua em nada se assemelha a uma atriz ou modelo, ou a qualquer outro tipo de profissional que posasse nua, conhecedora de todos os truques do *métier*. Ao contrário, e por isso a chamamos de mulherzinha, sem nenhum menosprezo, é a mulher comum — por exemplo, uma dona de casa — que de repente se revestisse, ainda que se despindo, de suas e nossas fantasias e caprichos, como a da puta que fosse pura, amadora, *Belle de jour*, como Catherine Deneuve angelical no filme de Buñuel, e isso talvez explique por que nos sentimos tão fascinados por ela, a desejamos tanto, e tento eu cingi-la com palavras que me façam possuí-la para sempre, aqui, neste estágio do desejo antes de sua satisfação, o que mantém esse desejo permanentemente aceso.

Poderá ela também despertar o desejo adormecido, talvez mesmo desconhecido, de outras mulheres; em algumas para, verdadeiramente, quererem tê-la nos braços; noutras, o desejo que já terão sentido algum dia, com o coração batendo, de se mostrarem assim, tão nuas, aos olhares de todos, nem que para isso tivessem de idealizar um outro corpo para si, mas que é parente do seu e semelhante a ele.

Mas se foi a pintora, é certo, que projetou, conscientemente ou não, uma imagem e ideia de seu corpo na tela, não o fez como a grande e autoconsciente artista plástica que se maquiasse, sofisticada, para o grante salão. Com um requinte bruto, ela se pintou com a fantasia da mulher comum, a mulherzinha, repetimos, que também é — e penso nela, com um vestido caseiro, fritando um ovo —, que cedesse à sua audácia mais escondida. E eis que esse quadro nos dá uma sensação tão grande de intimidade, de penetração nos segredos femininos, nos segredos da artista, que nos exibe seus devaneios sensuais. Porém, não há a promiscuidade da mais leve pornografia (ou será que há, talvez sutil?), nem a falsa naturalidade do deitar-se, ou do banho, ou das carícias no próprio corpo, da languidez feminina tão cara a certos pintores homens de outra época.

Antes de tudo, a artista, a mulher nua, sem nenhuma modelo, pintou e pintou-se para si própria. Mas nessa sua intimidade que nos inclui, pelo olhar que trocamos, a mulher nua parece estar a nos dizer que nos deixaria tocar e gozar de seu corpo, de suas puras fontes femininas, se nos fosse possível dar dois ou três passos no aposento em que estamos junto com ela. No entanto, só o poderemos fazer com a visão, mas há, aqui, na carnalidade desse quadro, uma visão tátil, ouso dizer, que nos torna, de algum modo, possuidores do corpo da mulher nua, embora todo movimento fosse fatal para a sua estática e elegante sensualidade.

Altiva, solitária, misteriosa, ela então se dá a cada um de nós desse modo, e poderemos ter esse sentimento tão raro diante de uma mulher pintada, que é o de não só desejá-la, como também amá-la perdidamente.

*

(A *mulher nua* é a figurante de um quadro sem título de Cristina Salgado, *pintado em 1999.*)

A figurante

É numa foto publicada num álbum de fotografias do Rio antigo, retratando a esquina da rua da Assembleia com a avenida Rio Branco, no centro da cidade, no final dos anos vinte — a data exata não é mencionada —, com seus bondes, ônibus ainda acanhados, não muitos automóveis, a maior parte com a capota levantada; as calçadas com árvores de porte médio; os postes com belos lampiões; os edifícios ainda tímidos; lojas, cafés, um cinema.

Levando-se em conta a época, a aglomeração humana já é surpreendentemente compacta, constituída em sua imensa maioria de homens — a sociedade dos machos. Parados alguns em grupos descontraídos que conversam nas calçadas; ou andando outros, atarefados, de qualquer modo são todos antiquados para um olhar de hoje, com seus bigodes, ternos solenes e escuros, chapéus, às vezes bengalas, como se unidos na tentativa de se assemelharem, nos calorentos trópicos, aos europeus. E mesmo um ou outro vendedor ambulante que estaciona por ali dá um jeito de vestir seu modesto paletó, e um deles surge até com uma gravata-borboleta.

Mas não é nenhum desses homens que nos interessa e sim

uma mulher que, como por encanto, por um apelo misterioso, atraiu o nosso olhar para a calçada, no canto direito, ao alto, da cena fotografada. Sim, encantatória essa atração, não apenas porque despertada de setenta e tantos anos atrás, mas porque as dimensões de nossa figurante, na fotografia, são bastante reduzidas e talvez seja mais por uma intenção que a consideramos bonita.

Ela usa uma saia escura, comprida até as canelas e uma blusa branca que lhe cobre o pescoço com uma gola rendada, mas cujas mangas só lhe chegam até os cotovelos, deixando ver um pouquinho dos seus braços, apenas um pouquinho, pois a mulher calça luvas brancas e compridas e, nos pés, botas. No braço direito, traz uma bolsa; com a mão esquerda segura um pacote, presumivelmente de compras. Talvez aqui já possamos concluir que os seus trajes revelam em tudo os de uma jovem senhora — elegantes mas recatados, numa época em que os trajes das moças já começam a se mostrar audaciosos.

Mas falta ainda falar do chapéu, que deixamos intencionalmente para o final, porque é provido de um pequeno véu que projeta sombra no rosto da jovem senhora, sem que o encubra, o que acabaria por funcionar como um chamativo vulgar da curiosidade alheia, em vez de mais um recurso para a sua discreta elegância.

Não seria difícil para o observador mais imaginativo pensá-la como a esposa ainda relativamente jovem, perto dos trinta anos, de um funcionário graduado do governo, e teria ela aproveitado a tarde, quando os filhos, talvez dois, estão no colégio, para ir ao centro fazer compras, conforme avisou ao marido, deixando por conta da ama buscar os meninos na escola.

Mas nossa imaginação vai além disso, para sugerir que o chapéu que a mulher usa acaba de ser adquirido numa loja de modas da rua da Assembleia, o que combinaria perfeitamente com a hipótese antes cogitada, de que a senhora foi à cidade para compras, talvez mais úteis do que essa (no pacote que ela carrega pode haver roupas para os filhos), e que não resistiu a chapéu tão bonito, que mostrará ao marido de noite, vaidosa, perguntando-lhe se quer que o ponha de novo para ele, e ele dirá que sim, claro, apesar de um tanto distraído, trabalhou muito, quer ouvir um pouco de rádio e dormir cedo.

Ah, mas essa nossa imaginação voa mais e julga detectar que a jovem mulher, apesar de estática numa fotografia, tem o jeito de quem olha para um lado e para outro, como a verificar se há algum rosto conhecido por perto, alguém que ela devesse cumprimentar polidamente — o marido tem muitos e influentes amigos —, como cabe a uma senhora na cidade, a menos que deparasse com alguma amiga com quem pudesse ter um dedo de prosa. Não reconhecendo ninguém, é o que supomos, a mulher olha para os lados porque indecisa, quem sabe, entre tomar um bonde que a leve de volta para casa, em Botafogo, ou andar um pouco mais pela cidade, ver outras lojas, talvez pedir um salgadinho e um refresco no balcão de uma confeitaria em cujo salão ela gostaria até de ocupar uma mesa, não se encontrasse sozinha e isso não ser de bom-tom.

Finalmente toma sua decisão, ou nós por ela, e caminha em direção à rua Sete de Setembro, parando aqui e ali, olhando vitrinas; entrando numa loja de calçados, onde experimenta um deles, mas não quer levá-lo, pelo menos por hoje.

O curioso é que nesse vaguear — somos sempre nós que imaginamos — acabou por dar a volta no quarteirão e retornou ao mesmo ponto onde fora fotografada — que, aliás, é o único ponto em que temos certeza que ela esteve — e novamente parou, como se esperasse alguém, e daí, talvez, esse ar de quem vigia os lados.

Mas como se, de repente — e agora fica tudo por nossa conta — o filme andasse, a jovem senhora, quase num salto, pôs-se a atravessar a avenida, chegando a se arriscar diante de um Ford, e, do outro lado, entrou num edifício na rua da Assembleia, como se fosse esse desde sempre o seu destino. Um relógio de parede, na portaria, marca exatamente três horas e, diante de horário tão exato, é de se supor que ela tenha hora marcada num dentista, ou outro profissional qualquer, o que a resolução com que pede ao ascensorista de um desses elevadores de portas sanfonadas o quinto e último andar parece totalmente confirmar.

Descendo com a jovem senhora no hall do quinto pavimento, um tanto sombrio como eram os halls daqueles edifícios de antigamente, quase tomamos a sua dianteira para nos encaminharmos a uma porta em cuja placa está escrito Dr. *Clóvis Marques, cirurgião dentista*, mas logo vemos que a mulher hesita — e chega a ajeitar o véu ao cruzar com um casal, apesar de desconhecido dela — e parece um tanto perdida, observando as portas, até que se dirige a uma delas, com a indicação: *Dr. Alfredo Pires Júnior — advogado*, e, em vez de tocar a campainha, bate três vezes com o nó dos dedos, timidamente.

Logo vem abrir a porta para receber a jovem senhora um homem ainda moço, em trajes que em nada se parecem com os de um advogado, mas com os de um dândi, de gravata fininha e paletó bem claro, com listras. Primeiro fecha a porta, depois toma a mão direita da senhora, beija-a sobre a luva e diz:

— Fico muito lisonjeado que a senhora tenha vindo, dona Eduarda.

Pelo tom de sua resposta, ela parece querer manter uma certa cerimônia e até enrubesce:

— Confesso que tive as minhas dúvidas e receios, senhor Lucas. Mas não resisti ao desejo de conhecer as reproduções.

— Ah, vou mostrá-las logo. Por favor, sente-se — e ele indicou-lhe uma cadeira próxima a uma mesa.

*

Voltando alguns dias atrás no tempo, digamos que foi num

recital beneficente em casa dos Vilhena — ele diretor de banco — numa tarde de quinta-feira, portanto sem presença significativa de maridos, que Lucas e Eduarda foram apresentados, logo depois que mestre Serrone, professor de piano de várias das senhoritas presentes, encerrou sua apresentação com um noturno de Chopin e *Pour Élise*, de Beethoven, ambas as peças muito apreciadas pelos ouvintes.

Lucas de Paula, que retornara havia pouco da Europa, onde estudara como bolsista na Escola de Belas-Artes de Lyon, mas de todo modo na França, tinha ótimas razões para estar ali. Contava com aquela gente, de muito boa sociedade, não apenas como clientela para os quadros de sua *fase francesa*, como também como modelo. De inocentes retratos, bem entendido, os quais, ele não tinha ilusões, seriam o seu principal ganha-pão daí para a frente. E lá estava, em destaque numa parede, a exibir os dotes do pintor, um retrato da anfitriã, em que uma luz impressionista, somada à discreta angulação dos traços do rosto, rejuvenescia a senhora Vilhena em pelo menos dez anos, tornando-a habilmente mais bonita até do que fora, sem deixar, no entanto, de parecer ela mesma. E não seria esse um outro motivo para o recital: a exposição do retrato e seu retratista?

Um colunista de jornal, bastante cínico, que ali estava tanto para divertir-se como por dever de ofício, confidenciou a um amigo:

— O jovem pintor também é beneficiário deste simpático encontro. Dizem que o que mais aprendeu no estrangeiro foi a transformar feras em belas.

Fora a própria senhora Berenice Vilhena a apresentar Lucas a Eduarda. Pronunciou o nome formal dela, Eduarda Paranhos, e depois disse:

— Eduarda, este é Lucas de Paula, que pintou, com sua generosa delicadeza, o meu retrato, que você já deve ter visto. Estou auxiliando-o a organizar uma exposição de seus quadros mais recentes. Foram pintados na França e, por enquanto, são uma surpresa para quase todos. Mas não para mim, que os adoro.

Lucas beijou a mão de Eduarda.

— Ah, encantada; o retrato de Berenice, achei esplêndido — Eduarda disse. — E estimarei muito em comparecer à exposição.

— Encantadíssimo ficarei eu, se a senhora me der essa satisfação — disse o pintor, um homem de seus trinta anos, que tinha um quê de feminino, muito útil para não pôr maridos em guarda diante de sua condição de retratista, com acesso aos lares, conforme segredou um pouco mais tarde a Eduarda, Ana, uma de suas melhores amigas.

Mas, ainda naquele momento, a senhora Vilhena já sugeria:

— Que tal ele pintar-lhe o retrato, Eduarda? Você poderá fazer uma surpresa ao Breno.

Breno Paranhos, da assessoria do ministro da Fazenda, era o marido de Eduarda. Ela, que tinha senso de humor e presença de espírito, ainda mais depois de uma taça de champanhe, disse, rindo:

— Mas como surpreender o meu marido, se é ele quem deverá contratar a obra?

— Não falemos agora de dinheiro, por favor — disse Lucas.

— Mas onde poderá ser pintado o retrato senão em minha residência? — insistiu Eduarda. — Aí Breno saberia desde logo.

— Recebê-la em meu estúdio seria uma honra — falou ele.

— Mas, infelizmente, os preconceitos de nossa sociedade fazem com que os estúdios não sejam considerados lugares dignos da frequência de senhoras e senhoritas.

Ele ia se calar, mas, incentivado, por sua vez, por um pouco de vinho, acrescentou, com uma risada franca:

— Quem sabe com alguma razão?

A senhora Vilhena interveio, sabe-se lá se percebendo o rumo meio equívoco da conversa:
— Ah, não. Que o retrato seja feito aqui em minha casa. E sugiro desde já o jardim interno. Ele e Eduarda fariam uma maravilhosa combinação. Flores são ao mesmo tempo a pureza e o amor das plantas, não concordam?

Concordaram todos e Berenice foi ter com os outros convidados, dando oportunidade a Eduarda e Lucas de conversar a sós por uns quinze minutos.

Teria perguntado Eduarda:
— Desculpe-me a curiosidade, senhor Lucas, mas o que pinta o senhor quando não faz retratos?
— Prefiro que a senhora veja por si mesma, mas digamos que eu misture um pouco do passado ao moderno, talvez um pouco demais para o gosto deste século. A senhora ficaria pasma, dona Eduarda, se tomasse conhecimento da liberdade com que os artistas na Europa, atualmente, pintam retratos, corpos e outras coisas mais.

Eduarda corou um pouquinho, o que era a sua forma de revelar timidez:
— São ousados demais?
— Sim, sem dúvida, mas talvez não como a senhora está pensando.

Eduarda abriu um leque com o qual pôs-se a abanar-se:
— E no que estou pensando?
— Quem sabe, que pintores e modelos não têm nenhum pudor de mostrar corpos? Mas isso desde muito já é assim, não é verdade? — Lucas fez uma pausa e, a partir daí, a ironia em seu tom de voz parecia denotar algum ressentimento. — Mas é que há mais de uma década se mostram e decompõem rostos e corpos simultaneamente de todos os lados e até em movimento, como no *Nu descendo a escada*, de Monsieur Duchamp. E

o que desce a escada é uma engrenagem, para não dizer uma lataria. E há também Picasso, que é capaz de decompor e recompor a anatomia de uma mulher, colocando olhos, seios, umbigo e outras partes femininas onde lhe der na telha. (*Lucas ri.*) Em seu *Nu na cadeira de braços*, que acaba de causar sensação em Paris, Picasso, devo reconhecer, consegue ser ao mesmo tempo *avant-garde* e invejavelmente vital; cômico e obsceno. E há ainda os dadaístas, os suprematistas, os construtivistas, os expressionistas, e os surrealistas, que pretendem estar desvelando os sonhos mais recônditos dos seres. A senhora já deve ter ouvido falar nos estudos do doutor Freud, um médico de Viena, sobre as expressões do inconsciente, não?

— Sim, claro. Mas, o senhor sabe, esses são assuntos que não costumam ser tratados por aqui na presença de senhoras, a não ser nos meios modernistas.

— Ah, meu Deus. Ou será o Diabo? (*Ele ri*) O que diriam aqui, se vissem os quadros pintados por outro austríaco, Egon Schiele, um expressionista? Eu mesmo tenho guardadas a sete chaves reproduções de quadros seus, que chocam até a mim, pois esse rapaz — sim, porque morreu em mil e novecentos e dezoito, vítima da gripe espanhola, aos vinte e oito anos — nunca se deteve diante de nenhum pudor. Chegou a passar, por isso, uma temporada na prisão, pois retratou, o mais cruamente possível, mulheres, e até meninas.

Eduarda fechou o leque com um ruído seco.

— E o senhor acharia um absurdo mostrar-me essas reproduções, não?

— A senhora talvez me esbofeteasse, se eu o fizesse. E, de qualquer modo, para vê-las, teria de ir ao meu estúdio, que, como já dissemos...

— Não há mais nenhum outro lugar? Seguro (*ela riu*) e respeitável. Quem sabe aqui mesmo, quando vier pintar o meu retrato?

— Ah, então a senhora já aceitou que eu a retrate? Uma razão a mais para que eu lhe oculte Schiele. Porque poderia, a partir daí, desistir do retrato e até cortar relações comigo. Além disso, trazer o austríaco à casa dos Vilhena seria como um sacrilégio, ainda que escondido dentro de uma pasta com estudos. Pois estremeceria os alicerces da casa e quem sabe do banco (*ele riu*)...

Eduarda mostrou-se irredutível:

— Assim o senhor espicaça ainda mais a minha curiosidade. Combinemos o seguinte. O retrato, fazemos aqui. No meio das flores (*riu*). Mas, antes, quero ver as obras de Schiele. De uma mulher moderna não se devem esconder essas coisas. Deixo a seu cargo encontrar um lugar adequado para mostrá-las a mim. Confio no senhor e na sua discrição.

E teria sido assim, por essas razões, que Lucas de Paula telefonara, dois dias depois, para Eduarda Paranhos, marcando data e hora para que ela fosse ao escritório do doutor Alfredo Pires Júnior, amigo do pintor, a fim de ver reproduções de obras de Egon Schiele. O advogado, obviamente, não estaria presente ao encontro.

*

A cenografia de um escritório de advogado, no qual causam impressão duas estantes cheias de livros, como que dirige, a princípio, os lances daquele encontro. Há dois ambientes: num deles, mais informal, um sofá e duas poltronas bem confortáveis; no outro, os móveis diretamente ligados ao trabalho. É nesse segundo ambiente que se acomodam Lucas e Eduarda. Lucas senta-se na cadeira aveludada do doutor Alfredo, diante de uma mesa grande, de boa madeira, com livros e peças processuais, enquanto Eduarda ocupa uma das cadeiras estofadas destinadas a clientes, frente a frente com o pintor. Eduarda senta-

-se aprumada e um pouco tensa, mas também já aliviada pelas posições formais de ambos, que, se são um tanto inusitadas levando-se em conta a finalidade da entrevista, não o são de forma equívoca, não bastasse a atitude respeitosa por parte de Lucas. E, como se se tratasse mesmo de um encontro de negócios, embora amenos, voltaram a falar do retrato. Talvez ansiosa por tirar qualquer caráter dúbio ao encontro, Eduarda mencionou o marido, para informar que resolvera consultá-lo sobre a pintura e que ele havia concordado com que fosse feita, e estava disposto a pagar o que o pintor achasse justo. Lucas disse que conversaria sobre isso depois que Eduarda e o marido se mostrassem satisfeitos com o trabalho. E perguntou-lhe se ela ainda queria posar no jardim interno dos Vilhena. Eduarda disse que sim, e Lucas disse, então, que ela marcasse as datas — precisaria de uns três ou quatro dias — com Berenice Vilhena, e depois lhe telefonasse. E sugeriu que ela posasse com um vestido domingueiro, primaveril, pois gostaria de pintá-la de corpo inteiro. Eduarda aceitou a sugestão, mas era como se estivesse um pouco distante.

Foi então que sobreveio aquele momento de meditação entre eles e, diga-se a favor do cavalheirismo e prudência de Lucas, não foi ele a lembrar Egon Schiele, parecendo antes desejar que a entrevista terminasse ali, por si própria, uma vez que já se estabelecera firmemente uma relação retratista-cliente.

Eduarda, porém, por suas próximas palavras, demonstrou que apenas esperara o momento propício para entrar naquele outro assunto:

— E as reproduções que o senhor ficou de me mostrar?
— Continua disposta a vê-las, não importa o seu conteúdo?
— Sim, continuo. Trata-se de simples reproduções de quadros, não? E de um artista reconhecido na Europa. Por que não deveria eu vê-las?

— É, talvez tenha razão, apenas quis preveni-la — disse Lucas.

E, erguendo-se da cadeira, chegou até uma mesa pequena, de datilografia, sobre a qual havia, ao lado de uma máquina de escrever, uma pasta de cartolina negra. Lucas pegou-a e, enquanto retornava ao lugar de antes, prosseguiu:

— E como poderia eu, um pintor, tomar o partido dos preconceitos? E já que aqui estamos no território do Direito (*ele riu um tanto nervosamente*), permita-me começar por um quadro com um dos temas mais queridos de Schiele, que, infelizmente, o levaram à prisão. Chama-se *Menina nua de cabelos negros*.

Novamente sentado na cadeira do advogado, Lucas tirou uma reprodução de dentro da pasta e estendeu-a a Eduarda, que retirou o chapéu para pô-lo na cadeira ao lado.

Retratava, o quadro, frontalmente, uma menina de uns treze anos, nua, muito branca, de olhos imensos, negros, os lábios pintados suavemente de vermelho, linda, com seus cabelos muito negros e compridos, caindo ligeiramente sobre o rosto infantil parecendo o de uma bonequinha humana, como se tivesse uma idade ainda menor que o seu corpo, no início da adolescência, parecia indicar. Os seiozinhos provocavam uma sensação de maciez e no entanto de firmeza, enquanto na barriga esticada mostrava-se um umbigo grande, cavado, sensualizado, para depois o ventre terminar num púbis já coberto de pelos negros. E, entre esses pelos, o artista tivera a audácia de pintar, em vermelho-vivo, um lábio genital bastante ostensivo, sensualizando a modelo para o observador, o que era reforçado pela visão, na extremidade inferior do quadro, da parte superior de meias negras, adultas, que cobriam os joelhos da menina, sob coxas firmes, entreabertas.

Eduarda tentava mostrar-se o mais natural possível, embora mudasse de posição na cadeira e mordesse um lábio, dando sinais de desconforto.

— Mas é quase uma criança. E no entanto ele a retratou como... uma mulher?
— Eu diria que foi mais como um objeto do desejo, a materialização da fantasia de um adulto. E, para essa materialização, é fundamental que o rosto e a pose, com os bracinhos da modelo levantados, sejam mesmo infantis, angelicais. Schiele chega a sugerir, através dos olhos quase tristes da menina, que sua inocência sofre uma violação pelo olhar alheio. Mas acho bem provável que ele tenha realçado certas particularidades por sua conta. Repare bem que é o contraste da brancura da pele e do negro puro dos olhos, dos cabelos, do púbis e da meia, com o vermelho realçado nos lábios pintados, e também nos mamilos e entre os pelos pubianos, o verdadeiro segredo para fazer da menina simultaneamente menina e mulher.
— O senhor acredita que ela já pode estar... despertada?
— Vou dar uma simples opinião. Schiele terá despertado a menina quando a pôs para posar. E assim terá capturado o momento de uma iniciação. As meninas não são bobas e, instintivamente, ela poderá ter percebido o alcance do jogo e passado a participar dele, até mesmo da violação. Pelo olhar, repito.
— E terão eles...? Bem, não encontro palavras para dizê-lo.
Lucas sorri de uma forma levemente maliciosa:
— Entendo, mas como saber? O que a senhora acha?
Eduarda mostra-se mais à vontade, como se já estivesse diante de um amigo:
— Alguma coisa pode ter acontecido entre eles. Ele ficou muito tempo na prisão?
— Primeiro passou quinze dias detido pelo suposto rapto de uma menor, acusação considerada infundada. Mas foi condenado a três dias de prisão pela divulgação de desenhos imorais. No julgamento, o juiz queimou teatralmente uma obra sua. Na prisão, Schiele disse que aprisionar um artista é perpetrar um crime.

— O senhor acha que em arte tudo é permitido, não, senhor Lucas?
— Se for arte, sim. A senhora também não acha?
— Estou um pouco confusa. Mas acho que acho, apesar de serem sempre os homens a devassar as mulheres.
— E a senhora se escandalizou com esse... devassamento?
— Devo confessar que um pouco — diz Eduarda, colocando a reprodução em cima da mesa.
— No entanto é um dos nus mais singelos de Egon Schiele, talvez pelo fato mesmo de se tratar quase de uma criança — diz Lucas. — Quem sabe é melhor pararmos por aí?
— Não, não. De modo algum.
— Se a senhora, então, não se ofende, posso mostrar-lhe algo menos habitual. Um nu masculino. Aliás o próprio Schiele. *Nu masculino sentado, um autorretrato*, foi como ele o chamou.

Lucas guarda a primeira reprodução na pasta, pega uma outra e, ao estendê-la para Eduarda, diz com uma entonação levemente irônica:
— Como você pode ver, Eduarda — já posso tratá-la assim, não? —, ele não devassava apenas as mulheres.

Eduarda ruborizou-se e suas mãos tremeram, tão logo pôs os olhos naquela reprodução que exibia Egon Schiele em nu frontal, sem nenhum disfarce, sentado contra um fundo branco, como se o seu corpo pairasse no espaço. E se aquele corpo fora estilizado numa magreza dissecada, que tornava perceptíveis músculos e ossos sob a pele, os órgãos genitais e pelos todos eram expostos cruamente.

— Está muito chocada? — disse Lucas, deixando transparecer um certo prazer perverso.
— Não vou mentir. Estou. Mas também estou grata ao senhor por me ter mostrado o que lhe pedi.
— Já que é assim, Eduarda, gostaria que você se deixasse

conduzir um pouco por mim na contemplação da obra, para ver comigo o que talvez só eu e uns poucos como eu vimos nela. Sim, porque aí onde a maior parte das pessoas vê a exposição crua, apesar de estilizada, de uma anatomia masculina, inclusive dos órgãos sexuais, sem nenhum pudor, eu vou mais longe para dizer que Egon Schiele salientou o que havia de feminino em seu corpo, o ponto de contato entre os sexos masculino e feminino, que ele resolveu encarnar decididamente nesse quadro. Observe que, ao tornar mais robusta a parte superior de seu tórax magro, Schiele como que pintou em seu corpo seios, aliás com mamilos bem mais desenvolvidos e vermelhos do que os que existiriam, normalmente, num homem. E o umbigo é cavado e vermelho, como se a sugerir sexualidade e feminina. E me desculpe se falo como um anatomista, mas gostaria que você observasse também que os órgãos genitais em repouso, o pênis descansando sobre os testículos, parecem formar uma abertura que pode sugerir uma vagina, peço desculpas outra vez. E veja bem que o pintor escolheu para o pênis e os testículos, para esse pênis-vagina, a mesma cor vermelha utilizada para os mamilos e o umbigo. E essa cor vermelha, ainda mais em forte contraste com os pêlos negros do corpo, atrai o foco da atenção para as marcas especialíssimas desse homem-mulher. Schiele, com suas obsessões de cunho sexual, foi um explorador e conhecedor profundo da intimidade mais secreta das mulheres e verdadeiramente viu o que havia de mulher em si próprio, além de tirar, penso eu, um grande prazer do retratá-lo. Quase como se criasse um ser andrógino. O corpo magro, longilíneo, efetivamente é o de um homem, mas os órgãos pintados de vermelho pertencem a esse ser de duplo sexo. (*Lucas abre um largo sorriso, aliciador.*) O que você acha disso tudo, Eduarda?

    Eduarda solta a respiração que, inadvertidamente, estivera mantendo meio presa:

    — Acho muito interessante, Lucas. Também vou tratá-lo assim, pois já nos tornamos amigos, não é mesmo? — Ela devolve a reprodução a ele. — E o curioso é que, com as suas explicações, tudo se tornou mais aceitável, compreensível.

Lucas põe a reprodução na pasta, que mantém aberta, mas com uma das mãos espalmadas sobre ela:

— Você se revela uma pessoa inteligente e sensível, Eduarda. Mas a terceira reprodução, realmente, hesito muito em mostrar-lhe, pois temo ofendê-la de verdade.

Ela estende a mão em direção a ele:

— Lucas, por favor, passe-me logo. Assim você me mata de curiosidade.

Lucas pega a reprodução e, antes de entregá-la a Eduarda, ainda a adverte, sem muita convicção:

— Lembre-se de que eu avisei.

Eduarda, a princípio, fica tão perplexa com a terceira reprodução, que tem dificuldade de apreendê-la no seu todo. Pois seus olhos são imediatamente atraídos para o sexo ostensivamente à mostra de uma jovem deitada, de pernas abertas, oferecendo-se ao olhar do observador, contra um fundo indistinto, para não dispersar nem um pouco a atenção desse observador do ponto principal do quadro. E só aos poucos Eduarda vai percebendo, fascinada, que o que torna aquele sexo ainda mais exposto é o fato de a modelo estar inteiramente coberta, menos naquela parte, por um vestido comprido azul-escuro, com mangas também compridas e uma gola cobrindo o seu pescoço, enquanto embaixo usa botas e meias que lhe cobrem até as coxas, todas as peças da mesma cor do vestido, que contrasta com seus cabelos louros, a pele do rosto corada, o vermelho dos seus lábios e do seu sexo. E tinha sido assim, trajada com esmero, como uma dama, que ela levantara a saia e abrira as pernas para mostrar-se, sob as ordens do pintor. O título do quadro era *Moça deitada com vestido azul-escuro*.

De repente, os olhos de Eduarda rodopiaram diante daquela imagem, que ela deixou cair no colo, acometida de uma vertigem que a fez reclinar, com os olhos fechados, a cabeça no espaldar da cadeira. Lucas levantou-se de um salto, deu a volta em torno da mesa, chegou até Eduarda e, pegando uma de suas mãos enluvadas, disse:

— Não está se sentindo bem?

Eduarda já se recompunha e tornou a segurar a reprodução, sem no entanto olhar para ela:

— Não se preocupe, estou bem, já passou.

— Vem — disse Lucas, puxando-a pela mão e conduzindo-a até o sofá, no qual Eduarda sentou-se docilmente. Mas quando Lucas, que permanecia de pé, tentou tirar a reprodução de suas mãos, Eduarda resistiu e tornou a fixar o olhar naquela imagem, longamente. Depois a entregou a Lucas, que se apressou a ir guardá-la na pasta sobre a mesa, enquanto os olhos de Eduarda, que tinha a cabeça reclinada no encosto do sofá, fixavam, esgazeados, o teto, como se lá houvesse outras imagens, outro mundo, o de uma outra mente sua, que agora a dominava.

Sem que chegasse a pensar exatamente nisso — até porque vagava por outras paragens, transfigurada —, abatia-se sobre Eduarda uma rebelião contra sua vida chatinha, com aquele marido de ministério; contra o seu papel de dona de casa, sem que ela pudesse verdadeiramente escolher o que quer que fosse; como se tivesse sido conduzida pela mão vida afora, feito garotinha ajuizada. Havia a filha e o filho, sim, de nove e sete anos, que ela amava, sim, como todas as mães amam os filhos, mas contra os quais, sem que se desse o direito de reconhecê-lo, havia também uma revolta por torná-la uma prisioneira perpétua. A não ser que, pelo menos momentaneamente, deixasse aflorar o que estivera, até aquela tarde, hermeticamente guardado.

Emergiu, então, essa outra Eduarda, que, puxando para cima sua saia comprida, arrancou sua roupa de baixo e, como a jovem mulher da terceira reprodução, abriu bem as pernas para que se exibisse, diante de um estupefato Lucas, o seu sexo tão mais exposto e gritante porque era um sexo vestido de senhora respeitável por todos os lados; vestido de todo o pudor de uma época, um pudor inventado pelos homens para as mulheres, para que pudessem criar algo assim como *a mulher pura*; mas que outro ser era Eduarda nesse momento senão uma mulher límpida, pura, com o seu sexo oferecido ao mundo e encharcado de desejo? E ela, se acariciando ali, disse para Lucas:

— Retrate-me com os olhos e para sempre, e, se quiser, me possua, faça comigo o que quiser. Mas nunca, nunca mesmo, diga uma só palavra a esse respeito.

Lucas de Paula era um homem que procurava conter sua homossexualidade por questões de família e meio social. Na França, embora discretamente, pudera ceder a seus desejos sem maiores problemas, mas no Brasil, onde estava de volta havia três meses, procurava — e até então conseguira — manter-se longe de tentações que pudessem de algum modo comprometê-lo numa sociedade provinciana que ele cortejava, procurando encontrar para si um lugar como profissional e artista. Estava com trinta e dois anos e sua temporada europeia, de ano e meio, fora suficiente para que visse definirem-se alguns limites bem claros entre os sonhos que acalentara, quando conseguira a bolsa de estudos, e a realidade impiedosa da arte.

Mas aquela cena que se oferecia a ele como que o lançava, com uma autenticidade absoluta, no rodamoinho de uma forma de arte indissociável da vida. E o que ele tinha diante dos olhos era uma espécie de Bovary dos trópicos, entregando-se a ele num momento-limite da vida dela — e dele, acometido de comoção profunda por ver-se reagindo como um homem, seduzidíssimo que estava por aquela situação que envolvia um escritório de advocacia, reproduções mostradas quase clandestinamente e uma mulher casada expondo-se de dentro de um figurino que incluía saia comprida, botas, meias compridas, luvas.

Lucas de Paula, naquele momento, transfigurava-se, eufórico, em alguém com o tipo de sexualidade de um Egon Schiele e, despindo-se afobadamente de sua roupa de janotinha carioca metido a europeu, mostrou-se nu a Eduarda e também a si próprio, enamorado, quase como uma mulher, do homem que havia nele; de seu pau grande e duro, que ele, em três passos, aproximou de Eduarda, e ela o meteu na boca, o mais fundo que conseguia, ele de pé e ela sentada, numa posição de submissão absoluta.

Quando percebeu que Lucas poderia gozar logo, ela afastou o rosto e, erguendo as mãos até os ombros do pintor, fez com que ele se ajoelhasse a seus pés. Eduarda segurou, então, a cabeça de Lucas e a trouxe até o seu regaço.

— Beije-me aí — ela disse. — Olhe-me bem e beije-me aí, pois hoje eu sou uma louca devassa; estou oferecida como a modelo do seu querido pintor.

E Lucas a beijou, sim, toda, percebendo que, pelo menos nessa tarde, era capaz disso e seu desejo não cedia; descobrindo toda aquela parte sua *homem* que podia manifestar-se em circunstâncias especiais; sentindo como Eduarda se encaminhava para o gozo. Antes que isso pudesse acontecer, Lucas ergueu-se, empurrou Eduarda, gentil, mas firmemente, sobre o sofá, e depois deitou-se sobre ela, penetrando-a fundamente; perdendo-se naquela mulher com a saia apenas levantada e conservando sobre o corpo a blusa, as botas, as meias e as luvas, o que, intuitivamente, ela sabia ser necessário para manter a chama deles acesa. E é nesse momento, quando Eduarda e Lucas se encaminham para o clímax, que paramos a história, congelamos a nossa fantasia sobre uma figurante imobilizada naquela fotografia no centro da cidade do Rio de Janeiro, no final da segunda década do século vinte, para deixar Eduarda assim, também parada no tempo, gozando para sempre nestas linhas.

Contemplando as meninas de Balthus

Dizer que são lascivas as meninas nos quadros de Balthus seria certamente uma impropriedade, porque a lascívia se abrigará antes no olhar que as contempla que nos corpos contemplados. Languidez, possivelmente, não seria impróprio, embora, tanto quanto a lascívia, se trate de uma palavra de baixa e ambígua definição no dicionário. Mas ambas as palavras foram aqui inscritas por sua materialidade quase carnal, sua sugestão de voluptuosidade, essa outra palavra plena de curvas e arabescos sonoros — e ela, sim, talvez aplicável às meninas de Balthus.

Mas não parecem mostrar-se conscientes ou despertas (embora, algumas vezes, curiosas), as meninas de Balthus, para a volúpia que possam acender, com exceção, talvez, à primeira vista, daquela que se mira no espelhinho de mão em *Les beaux jours*. Mas se somos tentados a distinguir em seu olhar prazeroso e no sorriso que mal chega a se desenhar a malícia de uma inocência à beira de ruir, logo nos corrigimos para ver ali apenas um jogo infantil; feminino, mas infantil. E não nos esqueçamos que lhe colocaram ao pescoço um colar (esse adereço de enfeitiçar e enfeitiçar-se) e, à mão, o espelhinho que circunscreve seu olhar ao próprio rosto, distraindo sua atenção da pose de abandono em que deve permanecer, de perfil para nós, semirreclinada no divã. Distraem-na, não para induzi-la ao interdito — pois nada é pecaminoso nos domínios do Conde Balthazar Klossovski de Rola, Balthus — mas para que a voluptuosidade ou languidez se exprimam sem a autoconsciência que quebraria o seu encantamento.

Em sua pose, no belo traje de festa (como se se tratasse do seu aniversário), cuja cor discreta se compõe com as demais tonalidades do ambiente, sugere-se mais do que se revela, através da aba do vestido caída com desleixo intencional (do pintor), o limiar de um seio que mal despontou e, mais abaixo, as pernas desveladas até a metade das coxas e cujo fascínio — é óbvio — se encontra no limite sábio e justo entre o que se mostra e o que não é mostrado.

Há um homem de torso nu, nesse quadro. Ajoelhado, ele alimenta o fogo de uma lareira, fonte de luz para a parte interior do aposento. Esse homem é — e não apenas figuradamente — o próprio Balthus, que gostava de representar a si mesmo como figurante nos quadros, em regra, de costas. Nessa posição, nem ele próprio estará vendo o que se abriga entre as pernas lassas da menina, acima do limite traçado pelo vestido. No entanto nós, os contempladores, sabemos que o mistério, o tesouro, estará se ocultando ali, e que o único a penetrá-lo e possuí-lo é o fogo. Ou melhor, provenientes do fogo, o calor... e a luz.

Uma luz que, ao sabor de um lance das chamas, ilumina uma flor clandestina na sombra. Ilumina-a para... ninguém, e isso é inquietante, porque nos retira do centro gravitacional para lançar-nos a uma descartável periferia, à morte, porque não somos necessários para que os fenômenos físicos e ópticos se produzam. Ou, simplificando: morremos, mas a luz sobre a paisagem, os corpos, continuará a incidir.

Já em *La jeune-fille au chat*, a obra mais vulgarizada (mas de modo nenhum vulgar) de Balthus, a visão que temos dessa outra menina, com suas pernas e coxas à mostra, sob a sainha que se abre, é quase frontal. Digamos então que a luz, aí, provém diretamente do nosso olhar. Voltamos a ser *o centro*. Mistério revelado, dessa vez? Nem tanto, e não só porque a menina usa uma calcinha sob a saia. Na verdade essa calcinha pode tornar-se sortilégio para o contemplador, remetendo-o a visões da infância, mas quando essa infância já fora ultrapassada, tornando-se quadro na memória, desejo aflitivo de um retorno impossível que reuniria na mesma entidade o vivedor puro e o espectador distanciado. E tais memórias, localizações, podem nos afastar da unicidade mesma, indivisível, de tempo e espaço, aprisionada num quadro de Balthus e, se para algum compartimento ou habitação interior ou exterior (a nós) esse quadro deve nos transportar, será para um lugar onde nunca estivemos. Como o próprio aposento onde se encontra emoldurada *A menina com o gato* de Balthus.

Podemos então perceber a ocorrência simultânea de possibilidade erótica e inocência, captadas talvez em seu último momento de conjunção, no olhar vago e introspectivo da menina e no seu corpo disposto em oferenda imaculável, dádiva e negação. Eis aí uma das faces da esfinge, que podemos apontar, sem com isso pretender ter decifrado inteiro o seu enigma, que continuará a nos desafiar, nesta e noutras obras de Balthus. Algo que estará na representação da realidade mesma, mas também além dela, inalcançável, a não ser através da própria pintura solenemente silenciosa e misteriosa do Conde Balthazar e, talvez por isso mesmo, equivocadamente, em suas origens, o tenham alinhado aqui e ali entre os surrealistas, aqueles que tentaram bravamente cruzar a fronteira da razão e da realidade convencionais. E o que acabaram por obter — numa espécie de punição dos deuses, nem que sejam os da pintura — foi um aprisionamento (ao contrário de *Dada*) em outros limites, como num sonho dirigido, o que retiraria toda a sua graça pela interferência indevida sobre outra esfera de organização, a que está livre da órbita da vontade, isso independentemente do mérito e talento indiscutíveis de alguns pintores.

Em Balthus, mesmo quando parece passear "do outro lado", como em *Le rêve I* e *Le rêve II*, enganosamente explícitos, somos inclinados a ver, nas damas que pairam sobre os sonhos das jovens adormecidas, antes do que imagens do inconsciente, figuras da face exterior e "real" do sono (e não do sonho), que velam pelas garotas dormindo, como se vela pelo corpo de uma virgem exposta e indefesa. De mesmo modo que é bastante real a *Thérèse* que lê, enquanto sua amiguinha dorme, abandonada, em *Le salon*. Não se violam os sonhos, esse recanto impenetrável do recato das meninas de Balthus. Vale acrescentar que Jean Leymarie viu nas duas meninas de *Le salon* duas faces da mesma Thérèse, filha de um vizinho de Balthus em Paris e modelo mais de uma vez requisitada pelo pintor.

O mistério que impregna a obra de Balthus é o da realidade mesma, mas como toda *realidade* em pintura — ou na literatura — uma composição seletiva, organização parcial ou arbitrária de fragmentos num conjunto, vontade, disposição de objetos e naturezas mortas e vivas, ideias, figuras humanas e outros seres, como os gatos tão presentes nos ambientes-atmosferas do pintor; uma vontade que se exerce também sobre luz e cromaticidade (como na mistura do verde com o vermelho, que deu uma cor de outra ordem nas tonalidades do vestido e da pele da menina e de suas cercanias em *Les beaux jours*), não para obter uma correspondência com o "natural", mas autonomia, realidade criada não para decifrar e sim para *ver* o mistério. E é na intensidade dessa visão densa que se encontra a perenidade desse realista extemporâneo e, por isso, apto a rever, a reaver.

E naquela mesma composição da *menina com o gato*, que podemos contemplar indefinidamente, observamos que uma das meias se encontra cuidadosamente caída, assim como foram escolhidas, ainda que aproveitando a caracterização habitual da menina (as sortes do acaso), a saia e a blusa mais usadas, a aura da roupa velha, animanizada, assim como a banqueta sobre a qual ela posa é providencial e requintadamente tosca e assim como o espelho, presença discreta na margem esquerda da moldura, mal chega a refletir os pigmentos esmaecidos de um tecido, enquanto a tonalidade da parede e do chão, este na fronteira da diluição com o pelo do gato, é sóbria, para que reine no ambiente a menina em seu rústico esplendor.

Na miragem não podemos e não devemos tocar. Estaremos então condenados à deliciosa exasperação de perambular em círculos num vaivém contemplativo desde os olhos da menina para as suas coxas e destas para a calcinha e daí para a meia xadrez e o sapatinho e de volta ao olhar vago da garota e ao olhar algo interessado do gato, com uma ligeira repassada pelo ambiente, com seu espelho sem reflexos humanos, como se pudéssemos encontrar em algum ponto a chave para uma relação que sabemos existir entre a menina e o gato, mas não nomeável a não ser pelo fato de serem como são, plenamente, uma menina e um gato, e estarem como estão, lado a lado.

Outra tentação que pode nos tomar, às vezes, é a de querermos imaginar o que está lendo Katia, no seu livro de capa dourada, sem título visível, no quadro intitulado *Katia lisant*. Algum romance de amor, alguma encantadora tolice? Um conto de Hoffman? Alguma novela com cavaleiros e princesas? Sabemos que Balthus preparou ilustrações para o belo e inesquecível *O morro dos ventos uivantes*, de Emily Brontë, e que o menino irrequieto e a menina a estudar, em *Les enfants*, encarnam Cathy e Heathcliff, personagens daquele romance; sabemos ainda que o pintor redigiu um estudo, cujo manuscrito se perdeu, sobre livros infantis, e que se debruçou, fascinado, sobre a *Alice*, de Lewis Carrol, autor que, como fotógrafo, e mais veladamente, compartilhava a obsessão de Balthus.

Mas qualquer tentativa de designar o livro de Katia como sendo um desses livros não passaria de uma redução empobrecedora. Um livro sem título e de páginas não acessíveis para o contemplador de fora, o *voyeur*, é um livro onde se pode inscrever tudo. Mas não devemos ser nós a inscrevê-lo, e sim Katia, a mirar-se nele, absorta, do mesmo modo que outras meninas e mulheres-meninas de Balthus se miram em espelhos vazios de imagens para nós.

Não podemos ver os reflexos, mas os próprios rostos no ato de mirar-se. Então é o rosto que, com uma curiosidade toda especial por si próprio, se torna reflexo de sua imagem no espelho. E nesses reflexos de reflexos revela-se a face, ou uma outra face — ou ainda a verdadeira face — das meninas de Balthus.

Uma face que, no caso de *Katia*, cujo rosto é um reflexo

do que estará se passando no livro, embora consciente de que o pintam nesse momento, poderíamos apressadamente tomar como mais "espiritual", mas no entanto a compor-se indissoluvelmente com a carnalidade do corpo em sua pose abandonada à leitura, com os pés descalços e as coxas desnudadas mais uma vez "no limite", sob a sainha a mais caseira. Nos arriscaríamos, então, a dizer que, como um colar ou meia num corpo nu ou seminu, o livro de *Katia*, em suas mãos, no momento em que é lido, se revela também feitiço, fetiche. E que nós, ao observarmos Katia lendo, abandonada, estaremos partilhando ainda mais da sua intimidade do que se a víssemos nua. Como se, sorrateiramente, houvéssemos penetrado no aposento onde ela entrega o corpo e o espírito aos devaneios e ali permanecêssemos, contendo a respiração, para que nenhum sobressalto faça a cena diluir-se.

*

Viremos então bruscamente a página e passemos ao brutal desvelamento de *La chambre*. Sem tirar nem pôr, o que essa pintura retrata é uma violação! Uma violação de um só golpe certeiro, através do descerrar-se da cortina pelas mãos daquela outra criatura, em trajes severos de mulher, com o rosto feio e masculinizado e que, também por seu corpo liso e grotescamente de baixa estatura, pode ser vista como um *gnomo*. O qual, conforme as palavras de Jean Leymarie, estaria contando com a cumplicidade do gato, de olhar algo satânico (palavras minhas) sobre a cômoda, para a consumação desse *pecado original*.

Entretanto, se é a mulher-gnomo a artífice da violação, e o gato seu cúmplice e testemunha, quem verdadeiramente a consuma é, mais uma vez, a luz, única a possuir e acariciar com seus raios o corpo da menina-adolescente, disposto em oferenda absoluta, como num sacrifício, mas onde não seria difícil ver que conta com a aquiescência e entrega, fatalistas, da vítima.

Podemos então dizer que, nesse instantâneo de desvelamento, através de uma cortina que foi aberta de um golpe — e, no meu entender (houvesse nos quadros um desenvolvimento cronológico, como no cinema), de outro golpe será fechada —, encontra-se a magia da câmara fotográfica, imobilizando no tempo o momento irrepetível e eterno, da imagem aprisionada pela luz nas trevas que a antecedem e a ela sucedem no quarto fechado: um quarto que é também a câmara mais recôndita de nós mesmos, os contempladores, e onde se passa esse defloramento de extrema delicadeza, o olhar, a paixão não maculada pelo ato. Assim é Balthus, anjo cerimonioso que oferece por nós o sacrifício e, uma vez tendo-o consumado, abandona a cena, como em *La montaigne*, onde o pintor é visto como um ponto longínquo, de costas, imerso em sua solidão, deixando moças e rapazes entregues a seus ritos, para ir fertilizar alguma outra cena, em algum outro lugar.

*

La leçon de guitare. Se em *La chambre* o desvelar e a posse são por obra e privilégio da luz, em *La leçon de guitare* o corpo da menina, despido da cintura para baixo, com exceção das meias e sapatos, é tocado em suas cordas mais íntimas pelos dedos da mulher que a deitou no colo e que, com a outra mão, sustém a cabeça da jovem por uma trança, esse outro condão e adereço possível no corpo feminino. E a menina, por sua vez, toca e segura o bico de um dos seios da professora, exposto para fora da blusa. Largada ao solo, se a guitarra é também uma espécie de natureza morta, torna-se simulacro das vibrações mais intensas, como o detalhe do piano ao lado, música silenciosa, metáfora para os acordes dos corpos.

Rito de iniciação da menina pela mulher (embora se possa dizer que uma é outra, em tempos diferentes, uma das virtualidades do homossexualismo), *La leçon de guitare* é uma das poucas, se não a única pintura de Balthus onde o sexo se explicita abertamente, na jovem modelo *tocada* pela música dos dedos. Entretanto, dificilmente se poderá contemplar cena de um erotismo tão enternecedor quanto essa, e mais distante do pornográfico. Talvez porque não haja nenhum homem a virilizá-la, o que se tornaria motivo de desgosto para uma certa categoria de contempladores, entre eles o próprio Balthus e, por que não dizer?, este que escreve este texto. Talvez, mas não apenas isso. O que transparece, para além de uma certa dureza inflexível, mas intensamente absorvida pela paixão, no rosto da professora, é uma singeleza do jogo amoroso feminino, entre a mulher e a quase criança, uma variante possível de amor maternal.

Não há pelos pubianos nas meninas e adolescentes de Balthus, como se o pintor não quisesse afastar-se desse primeiro momento dos corpos e da sexualidade no instante quase imediatamente anterior ao seu desabrochar; corpos de meninas num *Jardim do Éden* interior, protegido, solene e silencioso, onde não penetram os dissabores e a brutalidade da vida adulta.

E se o interesse do pintor pelo Oriente e sua arte, as frequentes viagens de Balthus ao Japão, poderiam explicar por si só sua *Japonaise au miroir noir*, com seu não reflexo negro, a propósito do qual não seria absurdo dizer-se Zen, e sua *Japonaise à la table rouge*, com um espelho nas mãos cujo reflexo mais uma vez é vedado a nós, a não ser se o tomarmos como a própria face da modelo, mais acurado talvez seria ver, no debruçar-se do mestre sobre essas mulheres adultas, com seus pelos também dissimulados, a busca — e o encontro — da mulher criança que é a japonesa criada na tradição rigorosa, na volúpia do servir (nem que seja, no caso, ao olhar), para grande alegria do homem que chegou a possuí-la em uma de suas personificações e, por que não dizer?, também para o êxtase dela própria, algumas delas, as que incorporaram tão integralmente a servidão que a transformaram em tanta volúpia.

Os corpos das meninas e mulheres-meninas de Balthus costumam ser fetichizados por pequenas peças como um colar ou, mais frequentemente, meias, fixações num corpo nu, como na violação de *La chambre*, ou uma camisa masculina, aberta, vestida pela pequena modelo em *Nu au repos*, ou a toalha amarela que a outra menina segura, enquanto se dirige para a pequena bacia d'água, em *Nu de profil*, e, ainda, por que não?, o livro de Katia em *Katia lisant*. Diríamos até que é o pequeno adorno que transforma a pura nudez em possibilidade erótica, às vezes em forma, apenas, de um ligeiro estremecimento, talvez um suspiro, depois do prender da respiração, do contemplador. Frequentemente, haverá também a figura do gato, esse adorno vivo e sorrateiro, presença lânguida, por si só marca de uma sensualidade, companheiro e cúmplice do feminino.

Creio, porém, que é em *Le lever* que esse *fetiche* ou adorno, adereço de cena, irá se introduzir de maneira mais sutil e sinuosa, como ponte entre a infância e o *despertar*. Não principalmente pelo gato, a sair pela porta do cesto em forma de baú, mas pelo passarinho, artificial, de brinquedo, o mais delicado e tênue dos símbolos fálicos, que a garotinha tem pousado numa das mãos e a bicar suavemente a outra, enquanto o sexo da menina, esquecido, se oferece recatadamente a nós.

O *fetiche*, como se sabe, torna possível a sexualidade para quem a teme. Não para aquela que dele, o fetiche, se revestiu, é claro, mas àquele para quem o corpo de outrem, outra, se torna objeto de desejo. Porém, neste caso — o Caso Balthus —, diríamos que o fetiche não se revela jamais como antecâmara, preliminar de um ato consumatório, e sim se destina a manter para sempre aceso um desejo, não muito fácil de nomear, porque deve deixar intocado o seu objeto, sob pena de destruí-lo ou dissipá-lo. O mesmo desejo, provavelmente, que é o que nos leva a pintar, ou fazer música, ou escrever, não com a hábil competência do profissional, mas com a paixão do amante sublime, a paixão do artista.

Escrever. Se nos ensinam alguns mestres que a atitude mais sábia diante das pinturas raras, como as de Balthus, irredutíveis a outra forma de expressão, é a do "contemplar atento e silencioso", como diz Jean Leymarie, por que cometeríamos aqui essa transgressão?

É que, contemplando as meninas de Balthus, somos às vezes acometidos pela exasperação do amor e do desejo por tanta beleza, na qual não podemos nem devemos tocar. Então, insensatamente, é como se quiséssemos estar no quarto com *Katia lendo* ou *Thérèse sonhando* ou nos quartos de todas elas, encantados em um pássaro de brinquedo, uma meia, um gato, um colar. Ou, ainda, travestidos em palavras, com a fome desesperada de que, como no sítio mais sombreado de *Les beaux jours* ou através da cortina aberta de um golpe em *La chambre*, estas palavras sejam fogo e luz.

*

Nota: As meninas de Balthus, com exceção de La jeune fille au chat, *foram contempladas, para este trabalho, no livro* Balthus, Editions Skira Flammarion, Genebra, 1982, *com texto de Jean Leymarie.*

1ª EDIÇÃO [2003] 4 reimpressões

ESTA OBRA FOI COMPOSTA PELO GRUPO DE CRIAÇÃO EM ELECTRA
E IMPRESSA EM OFSETE PELA LIS GRÁFICA SOBRE PAPEL PÓLEN SOFT DA
SUZANO PAPEL E CELULOSE PARA A EDITORA SCHWARCZ
EM OUTUBRO DE 2018

A marca fsc® é a garantia de que a madeira utilizada na fabricação do papel deste livro provém de florestas que foram gerenciadas de maneira ambientalmente correta, socialmente justa e economicamente viável, além de outras fontes de origem controlada.